STÉPHANETTE

3e SÉRIE IN-4o

Une jeune fille parut. Elle entra comme une gerbe de lumière dans cette caverne.

STÉPHANETTE

PAR

RENÉ BAZIN

ILLUSTRATIONS DE VULLIEMIN

TOURS

MAISON ALFRED MAME ET FILS

M DCCCC

AVERTISSEMENT DE L'AUTEUR

Cette nouvelle est la première que j'ai écrite. Cela me reporte à quelque douze ans en arrière, à un certain déjeuner chez un ami, où M. de Mayol de Luppé, alors directeur de l'*Union,* me proposa, à moi intimidé, balbutiant et heureux, de « m'ouvrir ses colonnes ».

J'écrivis, — avec quel amour et quel soin, mon vieux manuscrit, vous êtes là pour le dire! — l'histoire de *Stéphanette,* qui n'était pas tout inventée par moi, loin de là. Hudoux a vécu; j'ai vu dans mon enfance la rue de l'Aiguillerie, avec ses maisons anciennes, aux pignons pointus, aux façades décorées de croisillons de bois; et les paysages que je peignais, je les avais sous les yeux : c'étaient nos chers noyers de la Buffeterie, plus touffus, plus gros, plus âgés que le logis lui-même, pas plus verts cependant; car du lierre, des vignes vierges, des rosiers grimpants, je n'en ai jamais vu tant qu'autour de nos fenêtres. C'était aussi la campagne boisée, incroyablement déserte, silencieuse, enveloppée dans les replis des futaies de Pignerolles. Les chansons mêmes je les avais entendues, et les récits de chouannerie qui m'avaient si souvent fait frissonner, quand mon grand-père les chantait ou les contait, lui dont le père s'était battu en ce temps-là.

Stéphanette parut signée d'un pseudonyme, naturellement. Ce fut le dernier feuilleton de l'*Union,* qui cessa de vivre en même temps que le prince dont elle servait la cause. Le dernier numéro du journal est, je crois, celui où la mention « fin » est mise au bas de « *Stéphanette,* par Bernard Seigny », et le contraste était grand, je m'en souviens, entre les articles de deuil dont il était rempli et ce dénouement d'une histoire d'amour si joyeux et si jeune.

Oui, très jeune: je le sais, et je n'y change rien. Il se trouvera des âmes jeunes aussi pour l'aimer. Le monde se renouvelle. Pourquoi ne pas laisser à notre pensée d'autrefois l'accent qui lui convenait et l'exprimait alors? Si nous avons changé, d'autres sont nés après nous, qui s'épanouissent à présent sur l'arbre toujours en fleur de la vie; ils ont repris nos rêves anciens, notre ancienne et douce confiance dans l'avenir, et le goût charmant de l'idylle qui dure un seul moment. Ce livre, qu'on réimprime, je le dédie à ceux-là. Ils ont l'âge que j'avais, et l'âme heureuse dont je me souviens.

R. B.

Les Rangeardières, 2 mai 1896.

STÉPHANETTE

I

Le brocanteur habitait dans la rue de l'Aiguillerie, l'une des vieilles rues d'Angers, une maison à colombage, à double pignon, qui datait du XVIe siècle.

La boutique n'avait pas d'enseigne; la porte basse appuyée sur deux marches, les montants et les barreaux des deux fenêtres qui enchâssaient de petites vitres carrées et vertes, étaient revêtues d'un enduit que le soleil, la pluie, les ans, avaient boursouflé par endroits, écaillé en d'autres, et recouvert partout d'une teinte de vieillesse et de misère.

A l'intérieur, l'aspect était tout autre : la vaste salle était encombrée de ce qu'on est convenu d'appeler des curiosités, débris qu'un siècle lègue à l'autre, friperie dorée, luxe fané, reliques saintes ou profanes, choses déclassées, dont l'histoire, comme celle des hommes, est pleine d'aventures; objets rarement utiles, quelquefois précieux, toujours chers.

Le simple curieux, le collectionneur riche qui marchande, l'amateur pauvre qui convoite longtemps, achète rarement et marchande peu, se donnaient rendez-vous dans la boutique du brocanteur. On y trouvait toujours ce qu'on cherchait au milieu d'une foule de choses qu'on ne cherchait pas : appliques dorées, armoriées, tachées encore de la cire du dernier bal de l'ancien régime; in-folios aux reliures damasquinées, à fermoirs d'argent, dont les pages, encore marquées de petites bandes de papier jaunies par le temps, attestaient qu'une âme inconnue avait rencontré un jour dans ce livre une larme, un sourire dont elle voulait noter l'endroit; étoffes de soie brochée dont la poussière dessinait les plis; épées de tous les âges, de tous les styles, depuis l'épée de cour enjolivée d'or et de perles, aux lames plates et immaculées, jusqu'aux longues rapières espagnoles qui, sur leur lame d'acier sombre, portaient, comme un ornement d'inestimable valeur, la signature d'un grand maître de Tolède, la coquille ouverte d'un Lupus Aguado ou les ciseaux d'un Sanchez Clamade; pistolets d'arçons; meubles de chêne, de noyer, de cerisier massifs, sculptés en plein bois par quelqu'un de ces artistes modestes qui traversaient autrefois la France, laissant dans les moindres villages des œuvres merveilleuses sans penser même à les signer; coffres de mariage avec serrures florentines; miroirs de toutes sortes, carrés, ovales, hollandais, vénitiens, encadrés de nacre, d'écaille ou de cuivre, et dont la plupart, à en juger par la richesse de leurs ciselures et l'élégance de leur forme, avant de tomber dans ce réduit obscur avaient reflété tout un monde de beauté et de jeunesse en fête; croix de saint Louis; estampes révolutionnaires entassées derrière une allégorie impériale; vieilles monnaies et agrafes dans un plat de Rouen, d'où s'élançait, comme une fleur éclatante, une aiguière de cristal rose semé d'or, chef-d'œuvre sans doute de quelque vieux maître verrier de Murano, du Motta ou du Gazzabin; un manuscrit de l'abbé Morellet; une épinette du temps de Louis XVI, autour de laquelle flottait un air de menuet; portraits de jeunes seigneurs, fines têtes de gentilshommes à la Van Dick, marquises ou duchesses aux joues pleines et roses, souriantes et un peu raides dans leur étroit corset de drap d'or à ramage; chapeaux de gardes du corps et shakos d'Autrichiens; reliques jetées sur une table de bois de rose; pendules, vases de Sèvres, potiches en camaïeu, en vieux Rouen; costume de Levantin accroché à l'angle d'une fenêtre; bottes à revers qui avaient peut-être chaussé un maréchal de Louis XV; collections dépareillées de journaux; toutes ces choses vieilles ou vieillies par cette atmosphère de prison qui accable les choses comme les hommes, entassées pêle-mêle dans la boutique, pendues dans tous les coins, émergeant de toutes les ombres, à demi cachées les unes par les autres, et éclairées par la lumière éteinte et verdâtre que tamisaient les vitres séculaires des deux fenêtres, jetaient d'abord ceux qui entraient dans un étrange éblouissement de formes et de couleurs.

Ce n'était qu'à la longue qu'on distinguait, dans l'angle le plus obscur de la salle, un petit homme aux yeux caves, sans barbe et presque sans cheveux, replié sur lui-même et dont les mains, agitées d'une sorte de tremblement convulsif, déchiraient en petits morceaux de vieux parchemins, des lambeaux d'étoffes, ou grattaient lentement la surface d'un grand bahut de chêne, sans but, sans bruit, et seulement pour exercer leur activité maladive.

Le 7 juillet 1816, un grand vieillard droit, digne, qui portait un habit bleu à la française, une culotte courte et des souliers à boucles, entra dans la boutique. Depuis cinq mois il guettait un petit miroir de Venise, limpide comme l'eau du Léman, taillé comme un diamant, qu'entourait un cercle d'écaille incrusté d'argent, d'un goût exquis. Il le guettait sans doute avec le vague espoir de le posséder un jour, quand il serait en mesure d'y mettre le prix; mais c'était surtout la jalousie, la crainte d'être devancé par quelque riche amateur, qui le conduisait chaque semaine devant la boutique de la rue de l'Aiguillerie. En approchant de la maison, il se disait chaque fois : « C'en est fait, il n'est plus là ! » Et le cœur serré, plein d'un sombre pressentiment, il appuyait son visage le long des vitres de la fenêtre : la petite glace était encore là, c'était bien elle, avec ses prismes éclatants et sa belle transparence, où la lumière elle-même semblait se purifier. Satisfait de l'avoir revue à sa place, le vieillard se retirait sans avoir franchi le seuil de la salle qui recélait son trésor. C'était un amateur pauvre. Il n'achetait que lorsqu'il pouvait payer ses acquisitions, et il lui fallait longtemps pour amasser le prix d'une aussi belle œuvre d'art.

Le 7 juillet 1816, il était donc venu rendre sa visite hebdomadaire, pour la vingtième fois, au miroir de ses rêves; il l'avait considéré pendant plus d'un quart d'heure avec une attention passionnée, quand il prit cette résolution soudaine : il se jeta dans la place, il entra.

Rien ne bougea dans la boutique.

Le vieillard, sans s'arrêter aux mille objets qui eussent sollicité la curiosité d'un visiteur ordinaire, alla droit à la glace de Venise, la prit avec un respect joyeux, la regarda bien en face, la retourna, haussa doucement les épaules, comme pour se reprocher à lui-même la folie qu'il allait commettre, et d'une voix haute, fière, décidée :

« Combien ce miroir? » dit-il.

Personne ne lui répondit; mais une voix sortie de l'ombre cria :

« Stéphanette! »

Une jeune fille parut. Elle entra comme une gerbe de lumière dans cette caverne.

Quand le vieillard aperçut cette belle personne vêtue de deuil qui s'avançait vers lui, pâle comme une patricienne d'Italie; quand il vit ces yeux noirs d'une tristesse douce et hautaine; quand cette main blanche, irréprochablement fine, se posa sur une table d'ébène, il jeta involontairement un coup d'œil sur son jabot pour s'assurer qu'il n'était pas de travers, et sur son habit qu'il épousseta d'une pichenette, et quand la

« Oui, mon oncle, » dit Jean, en regardant par-dessus l'épaule de son oncle quelque chose qui l'intéressait vivement.

jeune fille lui dit ces mots très simples : « Que désirez-vous, monsieur? » il ne put retenir une inclination de tête instinctive. A quoi s'adressait ce salut, à la beauté, à la jeunesse, à quelque malheur inconnu et deviné?

Le vieillard n'en savait rien lui-même : il y a des hommages qui s'imposent, et dont la cause échappe d'abord.

« Je désire savoir, mademoiselle, le prix de ce miroir.

— Un véritable Venise, monsieur, mon père me l'a souvent dit; voyez comme il est pur. »

Et sans coquetterie, seulement pour démontrer la beauté du miroir, elle se pencha : l'œuvre du vieux maître vénitien, en reflétant cette admirable et calme apparition, étincela; le bijou devint irrésistible.

« Il est de cinq louis, » dit-elle.

A ce moment, une tête blonde s'appuya aux vitres de la fenêtre. Un jeune homme était là, visiblement ravi, et son regard disait :

» Cent francs! j'en donnerais mille, si je les avais!

« Cinq louis, dit le vieillard, je sais, cela vaut bien cela, mais c'est une folie. Non, mademoiselle, ce sera pour d'autres plus heureux. »

Il allait se retirer, quand, du fond de son repaire, le brocanteur, muet jusqu'alors, se leva, s'avança jusqu'auprès de la jeune fille, et, sans regarder le vieillard :

« Monsieur le marquis, dit-il, c'est une occasion unique pour vous. Ce petit miroir a suivi Mme de la Tremblaye en prison, sous la grande... Une jolie femme, bien sûr... La date est encore au dos. »

Le vieillard pâlit et s'appuya sur la table pour ne pas tomber, tandis que la jeune fille baissait la tête, touchée de la vive douleur du marquis.

« Vous croyez que ce miroir appartenait à ma pauvre sœur, et qu'elle l'avait emporté...

— J'en suis sûr, dit le brocanteur en se hâtant de regagner son trou, personne ne peut en être plus sûr que moi, » ajouta-t-il tout bas en ricanant.

Le vieillard se saisit rapidement du miroir, le retourna, et lut cette ligne écrite au dos avec la pointe d'un canif ou d'une épingle : « 18 pluviôse an II. — Adieu. »

Deux grosses larmes lui vinrent aux yeux; sans mot dire, il jeta cinq louis dans le plat de Rouen, et sortit.

En descendant les deux marches de la boutique, il se trouva face à face avec un jeune homme qui paraissait avoir environ vingt ans.

« C'est toi, mon pauvre Jean? As-tu passé une bonne semaine? Me Furondeau est-il content de toi?

— Oui, mon oncle, » dit Jean, en regardant par-dessus l'épaule de son oncle quelque chose qui l'intéressait vivement.

Le vieillard se détourna, et aperçut, par la porte entr'ouverte encore de la boutique, la belle jeune fille pâle qui regardait Jean. Elle le regardait d'un air d'amitié qui prouvait qu'on se connaissait depuis longtemps déjà. En voyant le marquis se retourner elle n'eut aucune honte, fit un bon sourire à Jean, et ferma la porte. L'oncle considéra quelque temps son neveu sans parler, et ce fut celui-ci qui dit :

« Vous pleurez, mon oncle; le miroir est pourtant bien joli, et vous désiriez depuis longtemps l'avoir.

— C'eût été une profanation s'il eût appartenu à tout autre qu'à moi, répondit le marquis. Je l'ai beaucoup désiré, c'est vrai; maintenant j'y tiens comme à une relique. Je te raconterai cela. Vois-tu, mon neveu, nous autres vieux, nous trouvons souvent occasion de pleurer là où nous pensions trouver occasion de nous réjouir. Allons, Jean, ajouta-t-il en frappant légèrement sur l'épaule du jeune homme, tu viendras dîner samedi soir à la Merlinière. »

II

Jean de Trémière était le fils unique d'un gentilhomme limousin, parent éloigné des Merlin de la Hansaye. Son père, le chevalier Hugues de Trémière, avait servi quelque temps dans l'armée; il était capitaine dans le régiment de Royal-Auvergne, quand une maladie qui mit sa vie en danger et le laissa dans un état de grande faiblesse le contraignit à se retirer du service.

Les premières années de retraite furent douces; il vécut paisiblement dans sa terre de Beynac, suivant de loin la politique et soignant une traduction de la Pharsale qu'il avait commencée à l'école des cadets. Quand éclata la Révolution, il pensa qu'il pourrait continuer d'habiter le domaine patrimonial. Pourquoi l'eût-on inquiété? Ses ancêtres et lui-même n'étaient connus que par des bienfaits dans le pays; il s'était toujours montré serviable et compatissant avec ses fermiers; d'une urbanité parfaite avec ses voisins, cet honnête homme croyait n'avoir pas un ennemi. Il avait raison, mais la tempête de haine farouche qui se formait alors ne devait connaître ni amis ni ennemis, mais seulement des caves à piller, des châteaux à démolir et du sang à répandre. Autour de lui, rapidement, les passions s'échauffèrent, les mœurs devinrent d'une violence excessive. Des menaces de mort furent proférées à diverses reprises contre lui et contre sa femme. Le capitaine dut émigrer. On était à la fin de 1791. Déjà il était difficile de passer la frontière. Le gentilhomme gagna, non sans peine et sans danger, Lausanne, sur les bords du lac Léman. Ce fut dans cette ville, au milieu de toutes les rigueurs de la vie d'exil, que Mme de Trémière, quelques années plus tard, accoucha d'un fils. La joie que cet événement apporta aux deux proscrits fut courte. M. de Trémière, dont la santé était ébranlée depuis longtemps, mourut au mois de juin 1795. Le petit Jean avait alors six mois.

M. de la Hansaye fut son premier maître.

Mme de Trémière, veuve, sans ressources, puisa un courage surhumain dans son dévouement maternel. On vit cette femme, habituée à toutes les élégances et à tout le bien-être de la vie de châtelaine, soutenir pendant dix ans, sans murmure et sans faiblesse, le combat quotidien contre la misère. A la fin elle succomba. C'était dans l'automne de 1804. Avant de mourir, elle recommanda son fils à un vieux prêtre français qui vivait dans son voisinage. Le prêtre garda Jean chez lui jusqu'au printemps de 1805. Il apprit alors, par un de ses amis demeurés en France, qu'un marquis Merlin de la Hansaye, qui s'était battu pendant toute la guerre de chouannerie en Vendée et dans le haut Anjou, vivait dans une propriété appelée la Merlinière, aux environs d'Angers. Une lettre de l'abbé avertit le marquis de l'existence de Jean. Le gentilhomme répondit de suite :

« Monsieur l'abbé, nous étions avant la Révolution six Merlin ; il y avait autant de Trémière, qui nous étaient parents de loin. Je reste seul des Merlin, et ce n'est pas ma faute. Puisqu'il reste encore un Trémière, envoyez-le-moi : je l'élèverai pour l'amour de ceux qui sont morts et du bon Dieu, qui ait leurs âmes ! »

Jean était alors un garçon de onze ans, pâle et chétif, mais dont l'œil était plein d'intelligence et de vie.

Son arrivée fut une fête. Depuis longtemps déjà on l'attendait, et toute la Merlinière priait, matin et soir, afin que le voyage fût sans trop de fatigue et sans danger ; depuis longtemps tout était prêt, et les joujoux qu'on lui donnerait, et sa chambre, au midi, bien chaude, et son lit, tout petit, avec de grands rideaux. M. de la Hansaye l'accueillit tendrement et l'aima bien vite, Jean s'apprivoisa et se consola. Au bout de huit jours, il disait : « mon oncle, » et le marquis disait : « mon neveu. »

Les mois, les années passèrent, et ce bonheur dura. M. de la Hansaye se consacrait tout entier à l'éducation de Jean. Il ne le quittait guère, causait et jouait avec lui, dormait dans la chambre voisine de la sienne. Sans cesse penché sur cet enfant, il contemplait, avec une émotion toute paternelle, cette incomparable merveille, l'éclosion d'une âme. Dans cette mystérieuse adolescence, tout l'homme se révèle et s'annonce. Les moindres actes de l'enfant ont un sens profond. On observe en lui des puérilités qui rassurent et d'autres qui font peur. Mille influences nouvelles l'enveloppent ; des passions qu'il ne connaît pas l'émeuvent ; des inclinations qui seront des vertus se déclarent ; il ignore tout ; il est avide de tout ; les impressions qu'il reçoit ne s'effacent plus ; la pensée de l'avenir l'éblouit ; toutes les énergies de la nature se développent à la fois dans cette atmosphère ardente, traversée d'orages, au sein de laquelle on aperçoit par moments, à la lueur d'un éclair, l'œuvre qui s'édifie, la destinée qui se décide, l'homme enfin encore inachevé, marqué déjà du caractère qu'il portera toute sa vie.

Jean grandissait dans la liberté de la campagne, joyeux compagnon de tout ce qui chante et de tout ce qui fleurit. Il annonçait une âme honnête, délicate, accessible à tous les sentiments généreux. M. de la Hansaye fortifiait et dirigeait de son mieux ces bonnes dispositions.

Il s'occupa aussi de l'instruction de son neveu, et fut son premier maître. Un peu plus tard, le curé du village ajouta aux notions élémentaires que le jeune homme possédait des leçons de latin, d'histoire et de philosophie, si bien qu'à dix-huit ans Jean se trouva plus instruit que la plupart des hommes de sa génération, élevés entre la Révolution et l'Empire, époque assez peu littéraire, comme on sait. Alors se posa cette question : Quelle carrière suivra Jean? Le marquis n'était pas riche. Il n'avait jamais pensé, d'ailleurs, que son neveu dût rester inoccupé. Mais la question était difficile à résoudre. Toutes les fonctions officielles étaient d'avance fermées à ce fils d'émigré. Il ne pouvait être avocat ni médecin, n'ayant pas les titres requis; encore moins, pour d'autres causes, charpentier ou maçon. Soldat? oui, sans doute; grand, vigoureux comme il était, il eût fait un superbe cavalier. Mais M. de la Hansaye, qui l'eût volontiers donné au roi, ne voulait pas le donner à Napoléon qui croulait.

Un jour qu'il exposait son embarras à son notaire, chez lequel il était allé déposer quelques économies :

« Eh! monsieur le marquis, dit Me Furondeau, rien n'est plus simple : je l'emploie chez moi en qualité de dixième clerc, pour vous obliger. Il sera logé, nourri à la maison. De plus je lui donnerai quinze francs par mois d'appointements. Ce n'est pas la fortune, mais cela vous permettra d'attendre et de trouver mieux. Peut-être aussi prendra-t-il goût au métier?

— Sur ce dernier point je doute fort, avait répondu M. de la Hansaye; mais j'accepte. »

Les commencements avaient été rudes pour Jean. Sa nature indépendante, remuante, un peu sauvage, se plia difficilement au travail aride d'un bureau. Me Furondeau, qui s'en aperçut, désespéra de la vocation de son dixième clerc, et le chargea presque exclusivement d'aller chez les clients de l'étude recevoir des payements, prendre des renseignements ou porter des projets d'actes. Jean fut moins malheureux.

Bientôt même il retrouva, sous une autre forme, le bonheur qu'il avait perdu : il connut Stéphanette. Voici comment :

Il allait tous les dimanches à la première messe de la paroisse. Jeune clerc logé dans les combles, il s'éveillait dès l'aube. A cinq heures en été, à six heures en hiver, il était rendu à l'église Saint-Maurice, et s'agenouillait toujours dans la même chapelle, à droite du chœur. Ces messes matinales ont une physionomie que n'ont pas les autres. A neuf heures, à midi, c'est la foule qui remplit l'église. A cinq heures du matin c'est une petite compagnie de fidèles qui ne se renouvelle guère, humbles gens pour la plupart, dévots, qui lisent dans de gros livres à la lueur tremblante de quelques cierges, et qui se connaissent tous pour s'être vus tant de fois les uns les autres à la même place, auprès du même pilier, en face du même autel. Jean avait remarqué bien souvent, non loin de lui, une jeune fille vêtue de noir, belle et triste. Il avait pris l'habitude de la voir, et chaque dimanche, quand il entrait dans l'église, sans même y penser, il regardait du côté où elle devait se trouver. S'il l'apercevait, il en ressentait un plaisir. Un jour il ne la vit pas. Qu'est-il donc arrivé? se demanda Jean. Vingt fois dans la journée cette question lui revint à l'esprit, et le jeune homme s'aperçut, non sans étonnement, que cette inconnue ne lui était pas indifférente. Le dimanche suivant il arriva de très bonne heure à l'église. C'était un matin d'automne. Ni les cierges ni les lampes n'étaient encore allumés. Seule une petite flamme

Ils se regardèrent l'un et l'autre, un peu intimidés.

blanche tremblait devant l'autel de la Vierge. L'ombre enveloppait de ses plis la vaste nef, les chapelles, le chœur, l'autel, dont on distinguait à peine les colonnes de marbre et les lourdes dorures, tandis que la lumière incertaine du matin, passant à travers les vitraux et les grandes rosaces du transept, éclairait faiblement les voûtes, dont elle semblait augmenter encore la prodigieuse hauteur.

Jean se mit à prier. Il ne songeait pas à Stéphanette. L'horloge sonna cinq heures moins un quart. Quelques personnes entrèrent. L'une d'elles alla silencieusement s'agenouiller à quelques pas du jeune homme. Jean tressaillit de joie : c'était bien elle. Il se reprocha cette distraction, et se remit à prier. Il s'y attarda même, et quand il quitta sa place, la messe terminée, l'église était à peu près déserte. Derrière lui, glissant sur les dalles de pierre, il entendit un pas léger. Il ne douta pas un instant que ce fût elle. Cette certitude le troubla. Arrivé près du bénitier, il y trempa les doigts, et sans réfléchir à ce qu'il faisait, par une sorte de distraction née de son trouble, il se retourna et offrit de l'eau bénite à la jeune fille. Stéphanette eut un mouvement de surprise, et regarda Jean : elle vit qu'il avait une honnête figure, qu'il rougissait beaucoup, qu'elle avait sûrement affaire à une âme candide et distraite; elle accepta, toucha les doigts du jeune homme, se signa, et sortit la première.

Jean demeura quelque temps sur le porche de l'église, stupéfait de sa propre audace, se demandant quel sentiment l'avait poussé à agir ainsi, et dans son cœur, doucement ému de la bonne grâce de cette jeune fille qui, pour ne pas lui faire de peine, s'était départie des usages reçus.

A quelque temps de là ils se parlèrent, et l'amour naquit entre eux. L'occasion, ils ne la cherchèrent pas; Dieu la fit.

Il y avait à l'étude de Me Furondeau un petit clerc, nommé Joseph. C'était le fils d'une pauvre femme et l'aîné de quatre enfants. Grâce à des protections, car il en faut pour ne pas mourir de faim, il avait trouvé un emploi chez le notaire, qui lui donnait quelques sous par jour et le repas de midi. Moyennant cette rétribution, il trottait du matin au soir et pour tout le monde, pour le patron, ses clercs, sa femme, sa fille, ses domestiques, maigre et léger, parfois bien las, toujours alerte.

Le petit Joseph tomba malade. Jean de Trémière alla le voir et lui porter un peu d'argent de la part de Me Furondeau. Ce fut chez la mère de cet enfant, dans une pauvre maison de la rue Vauvert, qu'il retrouva Stéphanette et lui parla pour la première fois. Elle était venue là, comme lui, par pitié, accompagnant une religieuse qui était la providence de tout le quartier. La mère était absente, et ces deux femmes la remplaçaient. Lorsque Jean entra dans la grande chambre qui n'avait pour tout mobilier que des lits posés sur la terre battue, il aperçut, tout au fond, la religieuse penchée au-dessus du petit Joseph, amaigri et grelottant la fièvre, qu'elle endormait; à gauche, deux enfants qui jouaient, et, tout près de la porte, à droite, Stéphanette assise à côté d'un berceau, qu'elle agitait en chantant à demi-voix. Ils se regardèrent l'un l'autre, un peu intimidés, mais contents au fond du cœur de ce hasard qui les réunissait. La religieuse fit signe à Jean de ne point avancer et d'attendre un peu. Il se trouvait près de Stéphanette, si près, qu'il fallait bien se parler. Tout d'abord ils causèrent de Joseph, de la fièvre maligne qui le tenait et des inquiétudes qu'on avait eues; puis l'entretien devint plus intime : ces deux âmes, jeunes, candides, qui ne connaissaient ni les banalités du monde ni ses réserves étudiées, s'interrogèrent et s'ouvrirent l'une à l'autre, sans presque s'en douter. Avec des mots, des regards, des silences, elles se dirent mille choses : il lui apprit qu'il s'appelait Jean, et qu'il était clerc chez Me Furondeau; elle qu'elle avait nom Stéphanette, et qu'elle accompagnait quelquefois sœur Doctrovée dans ses visites aux pauvres; il lui avoua qu'il n'était pas riche, et elle fit entendre qu'elle était sans fortune; il lui confia que le dimanche était son seul jour de liberté, elle de même; il osa l'assurer qu'il était joyeux de la revoir, et elle laissa deviner qu'elle n'avait aucun déplaisir à l'écouter.

Joseph dormait. Sœur Doctrovée survint, qui les interrompit. Ils se quittèrent bientôt.

Jean sortit de cette humble maison, heureux d'un bonheur indéfinissable. Tout le jour, puis tous les jours qui suivirent, il pensa à la jeune fille de la rue Vauvert. Il lui bâtit même un roman. Comme il ne connaissait d'elle que son nom et sa grâce souveraine, il lui fut facile d'inventer. Stéphanette était une fille d'émigré, orpheline, que sœur Doctrovée, ancienne religieuse de l'abbaye de Ronceray, avait recueillie chez elle; le deuil qu'elle portait, c'était celui de son père; elle était pauvre à présent, mais elle était née dans le luxe, châtelaine dépossédée. Sur cette donnée, l'imagination du jeune homme brodait une longue et douloureuse histoire qui rendait Stéphanette encore plus intéressante à ses yeux, et créait entre elle et lui les liens d'une destinée commune. Un seul point l'embarrassait : pourquoi venait-elle seule, chaque dimanche, à travers toute la ville, entendre la messe de cinq heures à Saint-Maurice?

Cette question fut résolue, et le roman s'écroula lorsqu'un mois plus tard il découvrit Stéphanette dans la boutique de la rue de l'Aiguillerie. Il fut très étonné de la trouver fille d'un brocanteur. Mais il l'aimait, et, trop ignorant de la vie pour savoir quelle barrière le monde mettait entre un homme de sa naissance et une fille d'aussi petite condition, il se fit un point d'honneur de garder, malgré cette découverte, la même amitié à la pauvre Stéphanette.

Il voulut lui parler de nouveau. Un matin, il entra tout simplement dans la boutique. La jeune fille était seule. Elle vit tout de suite qu'il venait pour elle, et ils se mirent à causer, sans embarras, comme gens qui se connaissent et s'estiment depuis longtemps. On promit de se revoir, et depuis lors le clerc de Me Furondeau passa plus souvent dans la petite rue de l'Aiguillerie. Quelquefois il s'arrêtait et causait un peu; le plus souvent il longeait les fenêtres de la boutique, essayant d'entrevoir à travers les vitres le visage de Stéphanette. S'il l'avait aperçue, il continuait son chemin, joyeux, l'âme prête à chanter.

Telle était l'histoire de leurs amours, bien simple et bien courte.

Vingt fois Jean s'était promis de la raconter à son oncle. Mais il n'avait jamais osé le faire, et le marquis ignorait absolument les antécédents, lorsque, le 7 juillet 1816, il vit Jean regarder Stéphanette, et Stéphanette sourire à Jean.

III

En quittant son neveu, le marquis monta vers la haute ville pour reprendre le chemin de la Merlinière. Il marchait la tête basse, regardant au dedans de lui-même, comme il arrive aux songeurs. Dans son âme passaient et repassaient, procession tumultueuse et lugubre, les souvenirs d'autrefois. Par moments, la scène muette dont il venait d'être témoin, entre Jean et la fille du brocanteur, revivait en lui, importune comme une question insoluble. Ce regard, ce sourire qui l'avaient d'abord étonné, l'inquiétaient à présent.

« En somme, se dit-il en s'arrêtant, pourquoi m'émouvoir ; un regard, un sourire, qu'est-ce que cela ? »

Il fit encore quelques pas, et s'arrêta de nouveau.

« A-t-elle vraiment souri? Eh! oui, elle a souri, et même je me rappelle qu'elle ressemblait en ce moment... Quelle chose étrange! elle ressemblait... Il y a des parentés d'expression que rien n'explique, si ce n'est peut-être le même rayonnement divin dans les âmes également pures. »

Et il serrait sous son bras le petit miroir dont le cristal touchait son cœur.

Parvenu à la moitié de la rue Saint-Julien, il se détourna de la route qu'il suivait, et prit la rue Haute-Saint-Martin.

« Je veux en avoir le dernier mot avant ce soir, se dit-il, et le meilleur moyen d'éclaircir l'affaire, c'est d'aller voir Me Furondeau. Quand on a l'esprit travaillé de quelque méchante aventure, il y paraît toujours dans la conduite. Si mon neveu est dans ce cas, je le saurai, je veux le savoir. »

Me Furondeau, chez lequel Jean de Trémière était employé en qualité de clerc logé, habitait à l'extrémité de la rue Haute-Saint-Martin, tout près de l'église de ce nom, l'ancien manoir des Ponthoise, qu'on appelait la *Maison des Trois-Échelles.* Cette maison, aujourd'hui démolie, avait trois issues sur trois rues, et attenait par derrière aux hôtelleries de Saint-Martin, de l'Ours et du Dauphin.

L'heureux emplacement de son étude avait été pour quelque chose dans la fortune très considérable que Me Furondeau avait commencée sous l'ancien régime, décuplée sous la Révolution, arrondie sous l'Empire, et qu'il comptait achever sous la Restauration. Mais l'adroit notaire devait encore davantage aux circonstances et à son tempérament exceptionnel d'homme de lucre. Il était de ceux qui naissent pour devenir riches, qui le deviennent fatalement, que les circonstances en apparence les plus contraires servent autant que les bonnes, qui sont condamnés à être millionnaires sans savoir l'être. Ces hommes exercent sur l'or une attraction magnétique; ils ont deux mains pour recevoir et pas une pour donner. Ce sont des citernes où la richesse s'amasse, comme une eau stagnante que rien n'évapore, et qui ne rafraîchit rien autour d'elle.

Des trois issues de son hôtel, l'une était pour le notaire et pour sa famille; la seconde servait aux clients ordinaires; par la troisième entraient, à certains jours, les prodigues de la ville et aussi de pauvres gentilshommes ou bourgeois ruinés par l'un ou l'autre des gouvernements précédents, et qui lui empruntaient avec reconnaissance l'argent qu'il avait gagné à vendre, sous la République, leurs terres, leurs prés et les logis de leurs ancêtres.

Me Furondeau était empressé avec les grands et pressé avec les petits, adroit à dissimuler une bonne affaire sous l'apparence d'un service, plein de bonhomie et d'insensibilité, habile à se contredire dès qu'on lui demandait une affirmation, prôneur de toutes les tolérances parce qu'il avait besoin de toutes les indulgences, et partisan convaincu de tous les régimes politiques dont il s'était également servi. En vain les libéraux, qui le croyaient libéral, avaient essayé de le pousser aux élections. Il avait préféré rester l'ami des élus. « Une place qu'on prend, c'est un ennemi qu'on se fait, disait-il, même quand la place est vacante. »

Depuis le retour de Louis XVIII, il était devenu royaliste, ou plutôt n'avait jamais cessé de l'être. Combien étaient-ils alors, combien sont-ils encore en France, ceux qui se disent vieux serviteurs des régimes nouveaux? On remarquait de grandes modifications dans son costume, plus soigné, plus recherché, et dans ce qu'on pourrait appeler son régime religieux : il allait ostensiblement à la messe les jours de grandes fêtes, et parlait avec componction des égarements funestes de la Révolution. Voyant que la monarchie se consolidait et que les affaires prenaient de l'essor, il avait même formé le projet, et ne s'en cachait pas, de changer son meuble de salon, qui était de style Empire, pour un meuble Louis XVI ou même Louis XIV, selon le tour que prendrait la politique.

Le marquis de Hansaye entra par la petite porte des clients sans reproche, traversa un long couloir sur lequel s'ouvrait un grand nombre de portes, passa près de la salle des clercs, ancienne cuisine monumentale changée en atelier de calligraphie, où douze clercs de tous âges et de tous cheveux écrivaient sous l'œil morne et sévère d'un vieux praticien blanc comme sa plume, et frappa à la porte du cabinet de Me Furondeau.

« Entrez, dit la voix roulante du notaire, et veuillez vous asseoir, je suis à vous. »

En récitant cette formule, Me Furondeau n'avait pas levé les yeux. Il paraphait une lettre.

Quand il eut fini, il regarda son visiteur, le reconnut, vint à lui avec empressement en lui tendant les deux mains.

Le marquis n'en toucha qu'une du bout des doigts.

« Comment allez-vous, monsieur le marquis?

— Fort bien; j'ai, vous le savez, une santé à toute épreuve. Et mon neveu, maître Furondeau, êtes-vous content de lui?

« Comment allez-vous, monsieur le marquis? »

— De M. le chevalier de Trémière? Mais certainement, monsieur le marquis, certainement.

— De grâce, ne lui donnez pas ce titre, auquel il a droit, le pauvre enfant, mais qui fait une singulière figure dans l'état civil d'un clerc de notaire. Est-il toujours appliqué au travail?

— Très appliqué, comme par le passé.

— N'aime-t-il pas trop à quitter l'étude, à courir la ville?

— Il ne sort que par mon ordre; c'est un principe chez moi, monsieur le marquis; les clercs que je loge sont surveillés, choyés, soignés comme des enfants de la maison.

— Et son caractère, est-il resté le même? N'avez-vous pas remarqué chez mon neveu de ces brusques changements d'humeur que l'âge expliquerait en partie? Vingt ans, l'âge des giboulées!

— Mais non, monsieur le marquis, M. Jean est d'humeur égale, joyeuse même; il sait être très sérieux quand il le faut, seulement...

— Seulement?

— Il n'a pas l'esprit d'affaires. Jamais il ne fera un notaire. Jugez-en par un seul trait : il y a huit jours, une de mes locataires vient chez moi pour me payer son terme de loyer. Il lui manquait trente francs, qu'elle déclarait ne pouvoir payer tout de suite, disant qu'elle était veuve, qu'elle avait plusieurs enfants, que le travail n'allait pas... Vous savez, ces locataires en retard ont toujours des raisons à donner. Je ne l'écoute même pas, je la renvoie, et je l'avertis qu'elle aura la saisie chez elle dans la huitaine. C'est mon système, et c'est le bon. Voilà cette femme qui se met à pleurer. M. de Trémière était présent. Il tire sa bourse, et me donne les trente francs, ses économies de trois mois peut-être! Je les ai pris. Mais vous comprenez que ce n'est pas ainsi qu'on devient homme d'affaires.

— Il a bien fait, dit vivement le marquis. Tout enfant, il avait le cœur généreux. »

Me Furondeau repartit, sans paraître s'apercevoir du compliment :

« Généreux, on l'est dans toute votre famille, monsieur le marquis. Vous avez fait vous-même une grande générosité en recueillant cet enfant chez vous, il y a plus de dix ans, je crois?

— Oui, c'était en 1805, au printemps.

— Rien ne vous obligeait à l'élever, à l'adopter en réalité, sinon en droit, comme vous l'avez fait : il est votre parent d'assez loin; vous n'étiez nullement obligé, je le répète, à le traiter ainsi.

— Ce que j'ai fait, tout autre, au contraire, l'eût fait à ma place, maître Furondeau. Comment! voilà un pauvre enfant dont le père et la mère étaient morts en émigration, qui demande asile au dernier des Merlin, au dernier descendant d'une famille alliée à la sienne, qui m'arrive à la Merlinière tout petit, tout frêle, affamé, à peine vêtu, et je l'aurais renvoyé? Il m'a d'ailleurs bien récompensé de mes soins : il a rendu joyeuse et utile la fin d'une vie qui sans lui eût été triste et sans but. Mais les années ont galopé; le petit Jean est devenu homme, et depuis deux ans le voilà, faute de mieux, gratteur de papier. Nous n'avions pas le choix d'une carrière alors, c'était sous l'Empire. Aujourd'hui je vois bien que le notariat lui déplaît. Je l'avais prévu. Mais que faire?

— Il vous serait facile, monsieur le marquis, maintenant que nos princes légitimes, — le notaire scanda fortement ces deux mots, — sont remontés sur le trône, d'obtenir une place pour votre neveu dans l'administration, dans les finances, que sais-je? Vous aurez ce que vous demanderez. Quand on a vos états de service, on obtient tout ce qu'on veut, pour soi et pour d'autres, ajouta Me Furondeau en clignant les petits yeux de sa grosse face.

— Non, maître Furondeau, dit M. de la Hansaye, qui se leva, — voyant bien que le notaire ne lui apprendrait rien de ce qu'il voulait savoir, — à moins qu'une absolue nécessité ne m'y force, je ne demanderai rien, ni pour moi, cela va sans dire, ni pour d'autres. Outre qu'il m'en coûterait, je l'avoue, de solliciter quoi que ce soit, d'avoir l'air de me faire payer le sang que j'ai versé, je me trouverais en singulière compagnie parmi les quêteurs d'emplois. Dans cette foire aux vanités, on rencontre plus d'anciens bleus que de blancs : on pourrait croire que j'ai quelque vilenie à me faire pardonner.

— Toujours le même, pas pratique, repartit le notaire en riant. Votre neveu vous ressemble. A une autre fois, monsieur le marquis. Enchanté de vous avoir vu. »

Me Furondeau reconduisit M. de la Hansaye jusqu'à la porte de la rue, et, s'inclinant sur le seuil, il enleva sa calotte à houppe d'une main goutteuse et maladroite.

IV

La Merlinière, située en pays plat, à une grande lieue de la ville, tout près du parc de Pignerolles, était une petite maison dont le grand toit, rabattu comme un chapeau de faneur, descendait jusque sur les fenêtres à hauteur d'appui. La vigne vierge, le lierre, les clématites, le jasmin blanc, grimpaient le long de ses murs, et dans ce fouillis de feuilles, de fleurs, de rameaux entrelacés, voltigeaient bruyamment, du printemps à l'automne, les abeilles qui poursuivaient les fleurs et les oiseaux qui poursuivaient les abeilles.

La ferme d'un côté, une grange, une écurie, une basse-cour de l'autre, attachées comme deux ailes au corps de logis, formaient au-devant de la Merlinière une grande cour qu'ombrageaient de gros noyers. Au pied de ces arbres, qui donnaient de l'ombre même en hiver, tant leur ramure était puissante et moussue, naissait une herbe drue, toujours verte, semée de grandes violettes dont le parfum pénétrait par bouffées dans la maison, et coupée seulement par une allée droite, qui prolongeait à travers la cour une longue avenue plantée de pommiers.

La Merlinière était née d'un caprice pastoral, à cette heure où le beau monde de France, en habits de soie rose, ouvrait gaiement la porte à la Révolution. Elle avait été l'asile champêtre, le bosquet de refuge, les

Charmettes du marquis Merlin de la Hansaye, gentilhomme de cour, qui, malgré les doux noms dont il désignait cette petite terre angevine, n'y passa que quinze jours en dix ans, retenu qu'il était, disait-il, par les soucis de Versailles, loin des plaisirs innocents de la campagne.

Au moment où il s'apprêtait à émigrer, la Révolution vint. Le vieux seigneur mourut. Ses grandes terres de Beauce et de Provence furent confisquées, ce qui épargna au marquis Henri, son fils, l'ennui de faire des comptes et la peine de liquider une succession fort obérée. La Merlinière seule échappa au désastre; elle était si petite, si loin du domaine patrimonial, qu'on l'oublia, et il se trouva que le jeune gentilhomme, frustré des grands biens de sa famille, ne profita, en fin de compte, que d'une folle dépense de son père.

Pendant toute la Terreur, tout le Directoire et une partie du Consulat, la Merlinière resta close et déserte, à la garde de la Providence, qui la garda fort bien.

Le marquis Henri avait d'abord émigré; en cela il ne faisait que suivre l'impulsion paternelle et la mode assurément prudente de l'époque.

Mais bientôt, fatigué de jouer aux échecs dans une petite ville de la frontière, il voulut revoir la France, la traversa de l'est à l'ouest à pied, au prix de mille dangers, s'engagea dans l'armée royale, et se battit de tout son cœur pour le roi. Il était beau soldat, infatigable, d'humeur joyeuse, et la guerre de partisans, pleine d'imprévu, d'embuscades, d'alertes, de jolis coups de main, lui convenait à merveille; il fut donc chouan dès qu'il y eut des chouans, et ne rentra chez lui que quand il n'y en eut plus.

« Je sonnerai de cette trompette-là, avait-il dit souvent, en frappant sur le canon de son fusil, tant qu'on ne sonnera pas l'Angélus. »

Cela le conduisit jusqu'en 1800.

A cette époque, les cloches, celles qui n'avaient été ni brisées ni fondues, recommencèrent à carillonner dans leurs clochers, et le marquis, à moitié content de n'avoir plus à faire le coup de feu dans les sentiers de la Bretagne et du Haut-Anjou, reprit la route de la Merlinière.

Son cœur battait un temps de charge dans sa poitrine quand il entra dans l'avenue que pas un pied humain n'avait foulée depuis huit ans. On était au printemps : les pommiers étaient en fleur, leurs branches toutes roses se réunissaient au-dessus de l'ancienne allée, qu'on reconnaissait encore à quelques cailloux déjà saisis par la mousse et demi-cachés par les herbes. Le marquis arriva vite au bout de l'avenue, ouvrit une petite barrière qu'un énorme buisson de ronces s'était chargé de défendre pendant l'absence du maître, et ne put retenir un cri de surprise et d'admiration.

Plus de maison : un immense dôme de verdure avait tout recouvert, les murs, le toit, les cheminées et jusqu'au petit clocheton d'ardoises dont la cloche, enlacée par des gerbes de clématites et de vignes vierges, silencieuse elle aussi, captive comme ses sœurs, servait de nid à un ménage d'hirondelles nouvellement arrivé. Devenues maîtresses du logis, les plantes sauvages s'étaient élancées à l'assaut de la grange et de la ferme, avaient franchi l'abîme, enroulé leurs vrilles à l'extrémité des branches des grands noyers, grimpé jusqu'au haut, formé des bosquets aériens, des flèches de cathédrales en feuilles, des arcs de triomphe où volaient le soir quelques couples de ramiers; elles avaient suivi tous leurs caprices, s'étaient bercées à toutes les hauteurs, avaient semé de leurs fleurs éclatantes la masse sombre des vieux arbres; puis elles s'étaient mises à descendre en longs rubans verts déroulés, dont les plus hardis touchaient déjà la terre, tandis que les autres flottaient au vent avec un bruit léger.

« Baptiste, s'écria le marquis, tu vas commencer par être bûcheron à la Merlinière. C'est joli cette forêt, mais il faut bien que j'entre chez moi. Chez moi, Baptiste, c'est là-dessous. Vois-tu, mon gars, mes aïeux étaient plus riches que moi, et cependant pas un, je le gage, n'aura eu comme moi, pour faire cuire sa soupe, des rondins de clématite et des fagots de jasmin.

— Peut-être bien, monsieur le marquis, » dit Baptiste sérieusement.

Baptiste, c'était le jardinier du marquis, un jardinier qui n'avait jamais jardiné, ayant été garçon de ferme, puis soldat dans l'armée de Bonchamp. Le marquis et lui s'étaient connus le jour du passage de la Loire par les troupes vendéennes en déroute. Ils étaient montés dans le même bateau, tellement chargé de fuyards que l'eau entrait par-dessus les bords. Tout à coup une planche se rompit. Le bateau coula. Baptiste serait allé droit au fond, comme une pierre, s'il n'avait de sa main vigoureuse saisi le bras du marquis, excellent nageur. Celui-ci essaya vainement de se dégager, Baptiste ne lâcha pas. Par miracle ils abordèrent. En prenant pied, le marquis dit tout simplement :

« Tu nages tout à fait mal, mon gars, mais tu as une poigne solide, et tu dois bien bêcher; à la paix, je te ferai jardinier. »

La promesse avait été tenue, et Baptiste cultivait à la Merlinière un grand jardin, moitié potager, moitié verger, dont il allait vendre à la ville les légumes et les fruits. On jugeait au premier coup d'œil qu'il n'était pas du pays quand on le voyait passer le matin, avec sa grande figure sérieuse et rasée, ses cheveux longs, ses yeux bleus enfoncés sous d'épais sourcils, sa démarche lente et bouvière, au milieu des filles de la vallée de la Loire, vives, roses, alertes, qui allaient vendre leur lait au marché. Elles l'avaient surnommé le père Chouan. Quand elles le dépassaient, elles lui criaient en riant : « Bonjour, père Chouan, comme vous allez vite, ce matin! » Et lui, toujours grave, répondait d'un hochement de tête à ces volées de belles jeunesses à la voix claire et joyeuse.

Baptiste serait allé droit au fond, comme une pierre, s'il n'avait de sa main vigoureuse saisi le bras du marquis.

Le marquis avait également recueilli à la Merlinière une ancienne servante de son père, excellente fille, bourrue et tendre, dévouée jusqu'à la mort, et qui ne rougissait pas, en plein XIXe siècle, de s'appeler Gothon.

Entouré de ces deux serviteurs et d'un fermier qui cultivait pour lui quelques hectares de bonnes terres, le marquis Merlin de la Hansaye vivait à la Merlinière, remerciant Dieu de son sort et ne lui demandant plus rien depuis que le roi était remonté sur le trône, c'est-à-dire depuis un an.

Il n'avait que deux passions, mais très vives : son neveu et les vieilleries d'art. Un bahut Renaissance le fascinait; une paire de chenêts anciens le tenait en extase : ces débris d'une opulence détruite avaient un attrait puissant pour cet homme qui avait connu la fortune et qui, sans la regretter précisément, restait, comme on reste toujours en pareil cas, impérieusement attaché à quelques-uns des biens qu'elle procure.

Toutes les semaines, le marquis allait rendre visite à son neveu, et par la même occasion passait en revue les collections des brocanteurs. A part une absence assez longue qu'il avait faite avec Baptiste pendant les Cent-Jours, et dont Gothon ignorait encore la cause, le marquis n'avait pas depuis quinze ans quitté la Merlinière. Il y vivait fort simplement, partageant son temps entre la lecture, le jardinage, la prière et ses pauvres. Ses pauvres, c'étaient tous ceux des environs, et il n'en chômait pas, au sortir de ces longues guerres de l'Empire, qui avaient fait tant de veuves et d'orphelins. Sans doute il ne donnait pas beaucoup, n'ayant que peu pour lui-même; mais il donnait si bien!

Le marquis avait une figure régulière et pleine, un grand air, une politesse parfaite, causait fort bien, presque toujours gaiement, bien qu'il eût traversé de tristes jours, car une foi simple et solide avait conservé en lui, malgré l'âge, toute la jeunesse du cœur; c'était, en un mot, un de ces vieillards superbes et charmants qui passent dans notre siècle agité sans s'y mêler, conservant d'un autre temps, qui avait sans doute ses défauts, des vertus que le nôtre ignore, et ces bonnes manières de vivre, de penser, d'agir à la française, qui semblent perdues en France. Pauvres chères images qui s'évanouissent une à une dans l'ombre! Elles y seront bientôt toutes entrées, et la mode nouvelle de vivre, enfiévrée, dépensière et peu gaie, n'aura plus pour la condamner de témoins plus vieux qu'elle.

V

Le samedi soir, vers cinq heures, Jean prit la route de la Merlinière.

Une visite à la Merlinière, c'était une date, une fête délicieuse dans sa vie. Il allait à grands pas, car le soleil baissait déjà. La chaleur était grande encore, mais on sentait passer par moments la brise fraîche du soir qui commençait à battre de l'aile.

Le marquis l'attendait à l'extrémité de l'avenue, d'où l'on découvrait le chemin jusqu'à une portée de fusil. Il s'était assis sur l'herbe nouvellement fauchée, semée par endroits de quelques poignées de foin sec échappées aux faneurs, et où mille fleurs, mille plantes, renaissaient de leurs tiges coupées, infatigables comme nos espérances.

Lui, si gai d'ordinaire, il était triste et inquiet.

Sa visite chez le brocanteur avait réveillé de lointains et pénibles souvenirs dans son âme.

Une préoccupation cuisante s'y mêlait : comment expliquer la conduite de Jean? Qu'y avait-il entre cette jeune fille et lui? D'où se connaissaient-ils? Que signifiait ce regard qu'ils avaient échangé? Rien de mal sans doute, puisque Jean ne s'était pas caché du marquis, ni la jeune fille de son père. Mais encore que voulait-il dire?

M. de la Hansaye s'était perdu en hypothèses.

N'ayant pu deviner, il voulait savoir et était résolu à s'expliquer en toute franchise avec Jean.

Il ne voulut pas cependant que son accueil se ressentît de ses préoccupations intimes, et, du plus loin qu'il aperçut son neveu, il lui cria :

« En retard, mon neveu! »

En le voyant venir, la moustache au vent, l'air fier et de bonne humeur, il pensait :

O jeunesse ! Comme il est devenu grand et fort! Avec un petit bout d'épée relevant cet habit-là, on le prendrait pour un mousquetaire en congé. Est-il possible qu'avec cet air de prince, ce Trémière n'ait pas le cœur d'un gentilhomme!

« Mon petit Jean, il y a des croquettes au riz. »

« Si je suis en retard, la faute en est toute à Mlle Furondeau, dit le jeune homme en embrassant le marquis.

— C'est invraisemblable! Je connais cette demoiselle pour l'avoir vue chez monsieur son père : un nez rouge et lisse, une santé tapageuse et l'esprit des affaires. Mon neveu, j'ai la vanité de croire que vous n'avez pu me faire attendre pour elle?

— L'aventure est invraisemblable, en effet : Mlle Furondeau a été malade. Son père m'a prié d'aller, avant de venir ici, chercher un médecin. Comme je suis un clerc modèle, j'y suis allé, et me voici.

— Tu t'expliqueras avec Gothon. Je crois l'entendre gronder d'ici, comme un orage qu'on ne voit pas.

— Ah! mon oncle, que c'est beau la Merlinière! s'écria Jean, que la perspective d'une semonce de Gothon n'effrayait pas beaucoup. Plus de Furondeau, plus de minutes, d'expéditions, de grosses, de rôles, d'enregistrement! Partout la bonne campagne souriante, et mon oncle souriant aussi. »

Le marquis souriait, en effet, à ces éclats de joie sonore qui le tiraient de ses rêves.

« Tiens, des violettes! Vous en avez encore? et des pentecôtes! Voilà une fleur bien mal nommée : on la trouve dès l'avril, et on la retrouve encore au mois d'août. Et vos pommiers? Vous n'aurez pas une pomme, cette année, comme d'habitude, mon oncle; les pommiers ici sont des arbres à fleurs. Vous rappelez-vous?

— Enfant! dit le marquis, allons, vite, donne-moi ton bras, et au logis. »

Ils furent bientôt arrivés devant la porte de la Merlinière. Jean l'ouvrit avec fracas, et traversa le corridor qui conduisait à la cuisine, bâtie en prolongement derrière la maison. Il allait pour saluer et apaiser sa vieille amie Gothon. Celle-ci, bien que ravie de voir son petit Jean, prit un air grognon qu'elle prenait à la moindre occasion, et qui lui avait assuré une entière domination sur Baptiste.

— Ah! vous voilà, dit-elle, ce n'est pas malheureux.

— Ma bonne Gothon! » fit Jean d'un air suppliant.

Il n'en fallut pas davantage pour dérider la brave fille, qui se pencha vers lui.

« Mon petit Jean, il y a des croquettes au riz. Surtout n'en parlez pas à M. le marquis. »

Baptiste fendait du bois à côté de la cuisine. Nu-tête sous le soleil, armé d'un énorme maillet de frêne aux rebords éclatés, il frappait des coups terribles sur une culée de chêne grimaçante et boueuse, qui tenait encore bon, bien qu'elle eût dix coins d'acier dans le corps. Il s'arrêta un instant, essuya de son bras la sueur de son front, et s'inclina tout d'une pièce.

« Bonjour, monsieur Jean.

— Bonjour, Baptiste. »

Le dîner fut court. Le marquis ne manqua pas de s'exclamer quand Gothon, triomphante, apporta des croquettes, et Jean, de son côté, eut un étonnement de bon goût quand le marquis lui présenta, dans un panier d'osier, les dernières cerises et les premiers raisins de son domaine.

En se levant de table, M. de la Hansaye dit à Jean :

« Allons nous promener dans l'avenue. »

Le soleil venait de disparaître. Dans l'air, d'une merveilleuse limpidité, flottait une lumière diffuse qui s'attachait aux objets comme une impalpable poussière d'or, et les offrait aux yeux dans un éclat adouci. Un vent léger soufflait par moments, l'herbe était blanche de rosée, les mille bruits du jour s'apaisaient, et au-dessus des futaies du parc, dans l'azur où pas une étoile n'apparaissait encore, la lune levait sa corne fine.

Ils marchèrent quelque temps côte à côte sans se parler. Puis, le marquis s'arrêtant brusquement :

« Jean, dit-il, que signifient ces signes d'intelligence que vous avez échangés, l'autre jour, cette jeune fille et toi?

— Que je l'aime, » répondit Jean.

M. de la Hansaye ne s'attendait pas à ce coup droit. Il eut un frémissement de surprise et de colère.

« Tu dis?

— Que je l'aime.

— Toi, le chevalier Jean de Trémière, tu aimes la fille d'un brocanteur?

— Oui, mon oncle, moi, dixième clerc chez Me Furondeau, notaire royal.

— Et pour l'épouser, je suppose? »

Jean releva la tête qu'il avait baissée, regarda fixement son oncle, et lui répondit d'une voix très ferme :

« En doutez-vous?

— Et le nom de cette belle?

— Stéphanette.

— Stéphanette qui?

— Stéphanette Jérôme.

— C'est vrai, j'avais oublié que le vieux s'appelle le père Jérôme. Et cette fille t'aime, sans nul doute?

— Nous nous aimons tous deux.

— Comment le sais-tu?

— Elle me l'a dit.

— Je vois que vous êtes allé loin dans la voie des confidences, reprit le marquis, dont la voix tremblait.

— Plus loin que vous ne pensez, mon oncle, car je lui ai promis le mariage. »

Le marquis n'y put tenir.

« Mais vous perdez la tête, s'écria-t-il, monsieur Jean de Trémière! Savez-vous que quand on porte un nom comme le vôtre, illustré par l'histoire, on n'en dispose pas comme on veut? Les huit lettres de ce nom-là, on les trace sur la poitrine d'un ennemi, à la pointe de l'épée, on les ensevelit dans un cloître; mais jamais, entendez-vous, jamais on ne les écrit

Les deux serviteurs écartèrent un peu leurs chaises du foyer.

sur l'enseigne d'une boutique! C'est le seul bien qui vous reste; y tenez-vous donc si peu, que vous consentiez à le jeter à la première fille qui passe? Avez-vous pensé que vous n'aviez que vingt ans, que vous étiez sans fortune et sans moyen d'en gagner, et qu'enfin moi, je ne consentirais jamais à être complice d'une pareille folie? Lorsque je vous ai recueilli et élevé, Jean, j'ai mis toute ma tendresse et tous mes soins à vous former au sentiment de l'honneur, estimant que vous auriez toujours un rang dans le monde avec cela. Je vous ai prêché d'exemple aussi. Je ne m'attendais pas à un pareil résultat, et je ne comprends pas encore comment vous avez pu même concevoir l'idée d'une union extravagante et impossible comme celle-là. »

Jean était devenu très pâle. Il répondit d'une voix qu'il s'efforçait de rendre calme :

« Monsieur le marquis, le souvenir de vos bontés m'est toujours présent, et il est inutile de me les rappeler pour que je sache ce que je vous dois de respect et d'affection. Je n'oublie pas non plus vos enseignements, et je crois y rester fidèle tout en aimant cette jeune fille, qui n'est pas seulement admirablement belle, mais bonne, pieuse et malheureuse. Ce n'est pas elle, c'est moi qui ai voulu cette union; c'est moi qui l'ai recherchée; c'est moi qui, voyant cette femme noble de cœur, n'ai pas cru déroger en lui offrant, comme hommage à tant de vertus, la noblesse des Trémière. Maintenant j'avoue que j'ignore sa famille, qui doit être médiocre. J'avoue également que je me suis très peu occupé de notre établissement, comme on dit. Si elle possède autant que moi, nous n'aurons rien à nous deux. Mais j'ai assez de courage pour gagner ma vie n'importe où, et le sentiment de l'honneur que vous m'avez enseigné est assez vivant en moi pour que je ne m'avise pas, croyez-le, de mendier un secours de qui que ce soit. D'ailleurs, rassurez-vous : j'ai mis une condition à notre mariage, et si vous vous étiez moins hâté de me condamner, vous l'auriez sue plus tôt : c'est que vous y consentiriez. Je ne veux pas, bien que je sois libre de le faire, aller contre votre volonté.

Je vous ferai, si vous l'exigez, le sacrifice de mon amour et du bonheur de ma vie, et même alors je ne me tiendrai pas quitte de reconnaissance envers vous. A présent c'est à vous de décider.

— Ainsi, rien ne peut te faire céder, reprit le marquis, si je ne me jette en travers?

— Rien, » dit le jeune homme.

M. de la Hansaye ne s'était point attendu à rencontrer une résolution aussi arrêtée. Il ne se sentait pas assez maître de lui-même pour prendre parti sur-le-champ. Après un moment de silence, il répondit donc simplement :

« Cette affaire est grave, Jean, beaucoup plus grave que je ne pensais; j'y aviserai. »

La conversation ne pouvait continuer sur ce sujet, et cependant l'oncle et le neveu étaient encore trop émus pour pouvoir causer d'autre chose.

Ils reprirent donc, d'un accord tacite, le chemin de la Merlinière, et, poursuivant tous deux le cours de leurs pensées, ils entrèrent dans le salon sans avoir échangé un seul mot de plus.

Le marquis était extrêmement agité. Il s'assit dans un fauteuil, y demeura quelques secondes, se leva, marcha vers deux ou trois chaises qui n'étaient pas à leur place et les rangea bruyamment le long du mur, en grommelant contre le désordre de la maison. Il voulut allumer du feu, et saisit sur la cheminée une poignée de chènevottes soufrées. De ses mains enfiévrées il les serrait si fort, qu'elles s'émiettèrent entre ses doigts.

« Maudites chènevottes, dit-il. Et ce sont les dernières. J'ai toutes les malchances, ce soir. »

Il s'approcha de la table pour y prendre un livre. Il le prit si gauchement, qu'il renversa l'encrier. Un flot noir coula sur les dalles blanches du salon.

« Gothon, cria-t-il, Gothon, encore un malheur! »

Gothon parut. Elle vit tout de suite qu'il n'y avait pas que l'encrier qui fût à l'envers dans la maison, et sa bonne figure devint anxieuse, car rien ne trouble ceux qui aiment bien comme un malheur dont ils ignorent la cause. Son maître se promenait et se démenait en grondant; Jean, près de la fenêtre, feuilletait un énorme in-folio, si rapidement qu'il n'y prenait évidemment aucun intérêt. Gothon le remarquait bien.

« Qu'ont-ils donc ce soir? » se demandait la bonne fille.

Elle alla sur la pointe du pied, sans bruit, éponger les dalles du salon, se retira de même; mais, avant de fermer la porte, elle dit aussi doucement qu'elle put :

« Si monsieur le marquis voulait se chauffer un brin, il y a du feu dans la cuisine, et l'air commence à être dur ce soir.

— Au fait, dit le marquis, cela vaut mieux que de rester ici. »

Il se dirigea vers la cuisine. Jean l'y suivit.

Gothon s'était déjà remise à son tricot. Tous les soirs, elle s'asseyait ainsi d'un côté de la cheminée, Baptiste s'asseyait de l'autre, et ces deux bonnes gens, été comme hiver, les pieds au feu, causaient. Ils causaient, c'est-à-dire qu'ils échangeaient quelques paroles, d'un ton sentencieux, soit que ce peu de mots suffît à l'expression de leurs pensées, soit qu'ils fussent trop absorbés pour en dire plus long, l'une par ses aiguilles, l'autre par les paniers d'osier qu'il tressait.

Cette place au foyer leur était devenue chère et comme nécessaire. Le vaste manteau de la cheminée les enveloppait d'une atmosphère chaude et discrète. C'était un manteau de cheminée comme on n'en fait plus; il abritait tout un monde de choses à sa taille : des chenêts de fer forgé, hauts de deux coudées, pesants comme des charrues, et qui, sans plier, recevaient à la Noël des billes entières de cerisier ou de hêtre; un tournebroche monumental, qu'aucune prodigalité d'huile n'avait pu empêcher de chanter à sa façon; des chapelets de saucisses, un languier, des jambons énormes qui fumaient; la longue carabine de Baptiste accrochée dans un coin, sans compter les grillons qu'on eût dit d'une race particulière, tant leur cri-cri était fort et continu.

De temps à autre, entre deux syllabes, Baptiste attisait le feu; un peu de flamme, un peu de fumée s'en échappaient; des milliers d'étincelles montaient en se poursuivant; la plupart se perdaient dans la suie; d'autres, plus hardies, plus heureuses, s'élevaient jusqu'au faîte de la cheminée, se répandaient à l'air libre en gerbes folles, et s'évanouissaient respectueusement en face des étoiles de la nuit.

Quand il avait remis les pincettes à leur place, Baptiste achevait son mot.

« Il ne fait réellement pas chaud ce soir, dit le marquis en entrant.

— Je le disais bien à monsieur le marquis, » répondit Gothon.

Les deux serviteurs écartèrent un peu leurs chaises du foyer pour faire place à leurs maîtres. Baptiste ne disait rien. Il avait les mains sur les genoux, le corps en avant, les yeux sur la flamme. Baptiste méditait.

Tout à coup, sans faire un mouvement, sans lever les yeux du point qu'il fixait, il commença d'une voix lente :

« C'est comme un jour, du temps de la grande guerre, j'étions, M. le marquis et moi, assis sur une pierre, près de la Nic-aux-Corvins, quand un failli bleu...

— Bon, dit le marquis, voilà Baptiste qui commence une histoire. »

Et Baptiste raconta, avec d'interminables digressions, une de ses histoires de chouannerie. Elle durait encore, quand M. de la Hansaye se leva et se retira dans sa chambre.

VI

Le premier rayon de lumière qui pénétra, le dimanche matin, par une lézarde de la fenêtre, dans la chambre de M. de la Hansaye, le trouva éveillé.

Il avait très peu dormi, et, durant les longues heures de la nuit, son esprit, préoccupé des événements du soir, avait fait beaucoup de chemin.

Les premières heures de cette veille n'avaient point appartenu à la saine raison. Libre de parler, puisqu'il ne parlait qu'à lui-même, le marquis avait exhalé son indignation, fulminé des anathèmes; il s'était rappelé dans les moindres détails la conversation qu'il avait eue avec Jean, se répétant à lui-même les réponses qu'il avait faites, les renforçant à chaque fois d'arguments nouveaux, et à maintes reprises il avait conclu en disant : « Jamais, jamais, je ne consentirai à m'occuper, de près ou de loin, d'une pareille billevesée. »

Peu à peu la tendresse profonde qu'il avait pour Jean reprit sa place dans cette âme d'où elle avait été un instant chassée par une invasion de colère, et il sembla au marquis que les paroles dédaigneuses et dures dont il s'était servi n'étaient point de nature à ramener son neveu.

« Je me suis emporté, se dit-il, j'ai été trop loin, et ce petit Trémière, qui a du cœur, — car il a beaucoup de cœur ce garçon-là, — s'est montré, en vérité, moins jeune que moi. Feu l'abbé Grellepois, mon précepteur, avait bien raison : quand la colère me prend, je ne sais plus ce que je dis. Il m'a répondu très dignement ; il n'était pas dans son droit, loin de là ; mais j'étais un peu sorti du mien. Cet enfant est hors de sa voie. Notaire, notaire, un Trémière ! Ses aïeux étaient maréchaux de France, et lui, avec la plume qu'ils portaient à leur chapeau, flottant au vent, glorieuse, ralliant les troupes comme un étendard les jours de bataille, il griffonne des rôles dans une étude de province. Ah ! misère du temps ! Il faut avouer aussi que cette Stéphanette est une bien jolie fille, oui, bien jolie. Comme elle ressemble à ma pauvre sœur ! »

M. de la Hansaye avait eu une sœur cadette, mariée au comte de la Tremblaye, et qui était morte peu de temps après son mariage, et sans laisser d'enfant, sur l'échafaud révolutionnaire. Lors de sa visite chez le brocanteur, il avait été frappé de la ressemblance de Stéphanette avec cette jeune femme, dont l'image lui était si chère et si souvent présente.

Cette comparaison et les souvenirs du passé qu'elle évoquait l'absorbèrent bientôt entièrement, et son esprit se complut, pendant longtemps, à rapprocher ces deux figures de femmes, dont l'une, entrevue la veille, encore vivante et jeune, semblait prêter à l'autre, ensevelie dans la mort, les couleurs de la vie. Il arrive souvent ainsi que notre âme, pour échapper à l'obsession d'une idée, s'attache au premier rêve qui passe et se laisse aller à la dérive, avec la pleine conscience qu'elle s'égare, par lassitude et par peur de retomber sous l'empire de ses préoccupations premières, qu'elle sent confusément rôder autour d'elle.

« Oui, se disait-il, elle avait ces mêmes yeux noirs et ce teint pâle qui lui donnaient un air d'Andalouse ; des cheveux noirs aussi... Je me rappelle qu'un soir de bal elle avait semé ses cheveux de diamants... ; le duc de Gramont la faisait danser... ; elle était si belle, que le roi demanda son nom... : « Henriette, sire, Henriette de la Tremblaye... » Pauvre Henriette !... Elle parlait comme Stéphanette... ; elle avait cette voix claire et ces mains fines. Quelle chose étrange ! elle a des mains de grande dame, cette petite marchande. »

Surexcitée par l'insomnie, l'imagination du vieillard s'avançait de plus en plus dans le domaine du rêve, les ailes étendues, poussée par le souffle impétueux des souvenirs. Henriette et Stéphanette se ressemblèrent bientôt au point de se confondre, et de ces deux images une créature idéale naquit, éclatante et pure, dont l'admirable beauté empruntait quelques traits à chacun des modèles dont elle était formée, dont l'âme possédait toutes les rares vertus de la morte, et cette créature s'appelait Stéphanette, et Jean l'aimait !

Cette création rayonnante de son esprit halluciné fit sur le marquis une impression profonde. Elle s'incrusta dans sa mémoire, et survécut à la nuit qui l'avait produite. Lorsque, revenu de ce rêve, aux approches du matin, le marquis pensait à la fille du brocanteur, c'est sous cette forme qu'il la voyait et qu'il la combattait ; mais il la combattait faiblement, et, malgré ses efforts, il se sentait envahir par une sorte de sympathie inexplicable et invincible pour cette même Stéphanette, qu'il avait maudite au commencement de la nuit.

Vers six heures du matin, les marches de l'escalier résonnèrent sous les sabots de Gothon. M. de la Hansaye se leva, heureux d'entendre près de lui le bruit de la vie réelle. Sa colère était tombée. Lui, si résolu la veille, après une nuit de réflexions, de songes, de luttes intérieures, il était irrésolu et fatigué.

En s'habillant, l'idée lui vint de parler à Gothon de cette grande affaire.

Cette brave fille a du bon sens, se dit-il. Elle a été l'amie de ma famille depuis quarante années. Elle aime Jean. Qui sait? elle m'aidera peut-être à voir clair dans tout cela.

Il descendit à la cuisine.

Gothon écouta tout avec une satisfaction mêlée d'attendrissement. Quand le marquis eut fini, elle secoua la tête, essuya deux larmes qui tremblaient au coin de ses yeux et dit, avec la rude familiarité d'un dévouement de quarante ans :

« Tenez, monsieur le marquis, si vous voulez mon avis, vous ne ferez pas *endêver* plus longtemps mon pauvre Jean. Je ne connais pas la fille qu'il a choisie, mais je suis sûre que c'est une personne de bien.

— Comment ! Gothon, un garçon de vingt ans penser à se marier, et avec la fille..., tu sais qui elle est ?

— Elle n'a pas dix-huit quartiers, comme M. Jean ; mais monsieur le marquis a dit lui-même qu'elle était jolie, et à l'âge de M. Jean on a le cœur tendre. Vous, monsieur le marquis, vous ne pensiez pas à vous marier à cet âge-là, parce que vous étiez chez M. le marquis votre père, bien gâté, bien choyé ; et, plus tard, la pensée ne vous en est pas venue non plus parce que vous chouanniez ; mais notre pauvre Jean, croyez-vous qu'il ne s'ennuie pas chez son M. Furondeau ? C'est péché, en vérité, de le laisser, avec la mine qu'il a, noircir du papier chez un notaire.

— Sans doute, mais où le mettre ? Nous n'avons pu trouver une autre place pour lui, tu t'en souviens. Fallait-il l'engager dans l'armée de M. Bonaparte ?

— Je ne dis pas cela ; mais ce que je sais bien, c'est qu'il moisit chez son M. Furondeau, ce pauvre cher enfant, et que ça donne des idées de mariage. Et puis, quand même, le beau malheur s'il épousait sa demoiselle ! Ne seriez-vous pas bien content d'avoir une jeune dame à la Merlinière, qui viendrait tous les jours faire sa promenade avec vous ?

— Y penses-tu, Gothon !

— Et pourquoi pas, monsieur le marquis ? La Merlinière n'est pas si gaie aujourd'hui. Des bonnes gens comme Baptiste et moi, ce n'est pas une compagnie pour monsieur le marquis ; il lui faudrait de la famille, et, s'il était possible, de la jeunesse autour de lui. Ça serait bien agréable une jeune dame qui s'occuperait de la maison, qui la rendrait coquette et plaisante ; et puis monsieur le marquis aurait bientôt des petits-neveux, lui qui aime tant les enfants ; je leur raconterais des histoires, et Baptiste aussi, qui ne sait plus à qui raconter les siennes. Ah ! les chers petits, il me semble les voir là, autour de monsieur le marquis.

— Ce sont là des folies, Gothon, de vraies folies. Et avec quoi vivrions-nous donc, s'il te plaît, Jean, sa femme, ses enfants et nous trois ?

— Bah ! on se gênerait un peu plus. Le bon Dieu, qui récompense les bonnes actions, nous enverrait de belles années de légumes et de fruits. Tenez, monsieur le marquis, vous m'avez dit une fois que vous aviez placé quelques économies chez votre notaire, pour me faire une rente quand je ne pourrais plus travailler. Eh bien ! prenez cet argent-là ; monsieur le marquis me souffrira un peu plus longtemps à son service, et moi, ça me donnera des forces de vivre au milieu de la belle jeunesse et de voir monsieur le marquis plus heureux et plus joyeux qu'il n'est. »

M. de la Hansaye était ému des paroles de la brave fille. Il sentait qu'il n'était que temps de battre en retraite, s'il ne voulait pas laisser voir cette émotion, et remonta l'escalier en disant :

« Tu n'écoutes que ton cœur, ma pauvre Gothon ; mais la raison ne parle pas de la même façon. »

Le marquis fit sa toilette du dimanche ; le premier son de la grand'-messe sonnait déjà au bourg, et les volées joyeuses des cloches passaient en murmures inégaux sur la cime des grands noyers.

Il essaya, mais en vain, de se raffermir dans sa résolution première; en vain il se répéta : « C'est impossible, cela ne sera pas ; » de douces visions de jeune femme souriante courant dans la vieille Merlinière, d'enfants roses qu'il faisait sauter sur ses genoux, s'emparèrent de son esprit et affaiblirent de plus en plus les dénégations de l'amour-propre révolté.

Il appela Jean, qui couchait dans une chambre voisine, prit son paroissien, sa canne à pomme d'or, et tous deux descendirent.

« Ne remarques-tu pas, mon neveu, dit le marquis, à quel point ma pauvre masure a besoin de réparations ? Tout y est vieux et fané comme moi. Aucune recherche de bien-être, aucune élégance, à peine le nécessaire. Tu ne le crois pas ? je ne m'en aperçois qu'à de rares intervalles ; à force de vivre seul, comme un loup, on en vient à perdre jusqu'au besoin de ces petites dépenses de luxe qui donnent tant de charme à la vie..., surtout quand on les fait pour d'autres, » ajouta-t-il avec un soupir.

En arrivant sur la place de l'église, M. de la Hansaye avisa M. Henriet, qui causait dans un groupe de fermiers.

M. Henriet habitait à trois kilomètres au sud de la Merlinière, au milieu de ses vignes blanches et de ses vignes rouges, qui lui donnaient tous les ans beaucoup de souci et de revenus variables. Il vivait seul, comme le marquis, — et peut-être cette analogie d'existence avait-elle été pour quelque chose dans leur mutuelle sympathie, — car sa femme était morte très jeune, sans lui laisser d'enfants. M. Henriet était un homme gros, grand, haut en couleur, et, pour le caractère, d'humeur joviale et de bon conseil. Son autorité était considérable dans le pays. On le consultait sur les affaires de famille, les partages, les ventes, les baux, en un mot sur les mille procès toujours prêts à s'envoler de la campagne à la ville ; le plus souvent M. Henriet parvenait à leur couper les ailes. M. de la Hansaye avait, plus que personne, confiance dans cet excellent homme, et, sans que pour cela leurs relations fussent très fréquentes, le tenait au fait, depuis de longues années, de ce qui lui arrivait d'heureux ou de fâcheux.

« Donnez-moi un conseil, mon cher Henriet. »

Il prit donc à part M. Henriet, et comme il s'en fallait d'un quart d'heure que la messe commençât, ils se mirent à se promener de long en large sur la place de l'église, tandis que Jean causait avec Baptiste.

« Il faut que M. le marquis ait un procès en poche, disait un fermier, voyez donc comme il s'anime !

— Je crois, ajoutait un autre, qu'il a, en effet, maille à partir avec Hucheloup de la Saulaie.

— Mais non, interrompait le chantre, toujours bien informé, c'est avec Jean Hiron de la Huaudière, à propos d'une vache qu'il a vendue. »

Le marquis n'avait de procès ni avec Hiron ni avec Hucheloup : il racontait simplement à son ami, avec des gestes qui trahissaient l'agitation de son âme, l'événement de la veille au soir.

« Je veux sortir de cette incertitude, dit-il en terminant son récit. Elle est intolérable pour moi. Donnez-moi un conseil, mon cher Henriet. »

Le bonhomme avait écouté sans mot dire, la tête penchée, les yeux demi-clos. L'office allait commencer. La foule était déjà entrée dans l'église. Ils se dirigèrent de ce côté. Avant d'ouvrir la porte, M. Henriet se pencha vers le marquis :

« Mon cher voisin, dit-il à voix basse, je n'ai point à m'occuper de la question de sentiments. Vous pouvez être plus ou moins satisfait du projet. Mais, avant d'aller plus loin dans la voie de l'opposition à outrance, pesez bien ceci : vous n'avez aucun droit sur Jean, qui n'est pas votre fils. »

Cette réflexion fit une impression pénible sur le marquis.

Au fait, pensa-t-il tristement, je n'ai d'autres droits sur lui que ceux que l'affection m'a donnés. Les droits de cette nature ne s'exercent pas par la violence. Ai-je bien pris le moyen de les faire valoir vis-à-vis de Jean ?

Pendant la messe ses pensées prirent un cours plus grave. Il songea qu'en repoussant dédaigneusement et sans vouloir l'étudier le projet qu'avait formé son neveu, il s'exposait à commettre une injustice et à compromettre gravement la paix de deux âmes. Il songea que la parole de Jean était engagée ; que les amours jeunes et pures ont droit au respect, fussent-elles les plus humbles du monde, et que Dieu, sous une épreuve d'amour-propre, avait peut-être caché, comme un fruit exquis dans une gaine rugueuse, des trésors de bonheur intime et de bénédiction.

Jean s'aperçut bien, au retour, que les dispositions de son oncle n'étaient plus les mêmes. Dans son cœur l'espérance se leva et fit signe à la joie, qui n'est jamais loin quand on a vingt ans. Celle-ci rentra dans son domaine. Jean se reprit à causer, et le marquis à sourire de ce que disait son neveu. Cependant ils ne s'entretinrent pas de la grande affaire.

Ils repassèrent plus légèrement sur les petits chemins verts où l'ombre diminuait, le long des champs de trèfle rouge où volaient d'innombrables papillons, le long des nappes houleuses des seigles au-dessus desquelles tremblait la chaude vapeur de midi, et arrivèrent à la Merlinière, poudreux, affamés et sentant tous deux se rapprocher leurs âmes un instant désunies.

L'après-midi se passa sans incident.

M. de la Hansaye se retira dans sa chambre après le déjeuner et n'en sortit que pour aller aux vêpres, qu'il ne manquait jamais.

Jean causa avec Baptiste, avec son amie Gothon, et, quand la chaleur devint moins brûlante, alla se promener dans le jardin et dans le petit bois voisin du parc où il avait joué dans les jours de sa libre enfance.

En rentrant de sa promenade, il rencontra, dans la cour de la Merlinière, son oncle qui revenait du bourg.

« J'ai à te parler, Jean, viens avec moi, » dit le marquis.

Quand ils furent dans le salon :

« Mon enfant, continua M. de la Hansaye, je veux mettre de côté toute pensée égoïste, toute révolte d'amour-propre. La jeune fille que tu aimes peut, quelque inférieure que soit sa condition, mériter l'honneur, le sacrifice considérable que tu lui ferais. Eh bien ! je ne refuse pas de voir, d'étudier, d'examiner. »

Jean se jeta au cou du marquis sans répondre.

Ce fut M. de la Hansaye qui reprit :

« Je ne dis pas oui, mon enfant, mais je ne dis pas non. J'irai dès après-demain prendre des renseignements, et le meilleur moyen me semble d'aller voir ce brave homme et sa fille et de causer avec eux. »

Le reste de la soirée fut délicieux pour Jean, cela va sans dire, et aussi pour le marquis, dont l'âme était en repos. Ils se promenèrent au bras l'un de l'autre, tout autour du grand verger, dans le bois, dans l'avenue, en parlant d'elle, et le vieillard, entraîné par l'enthousiasme du jeune homme, écoutait chanter le vent qui souffle de l'avenir dans les esprits heureux. Il voyait déjà la femme de son neveu à la Merlinière ; elle habiterait la chambre verte ; il y aurait des petits-neveux tapageurs et des petites-nièces avec les plus beaux yeux du monde ; on entourerait la douve de palissades, de peur que les enfants ne vinssent à y tomber ; et puis on laisserait toujours fermée la porte du jardin dans le temps des fruits : le raisin, c'est si doré, et les petits, c'est si gourmand ! Comme on vivrait doucement à la Merlinière, avec lui, avec elle, avec eux !

Quand la nuit approcha, Jean et le marquis se quittèrent, émus tous deux.

« A mardi, mon neveu.

— Oui, mon oncle, et mille fois merci ! »

Jean s'engagea seul dans la grande avenue. Il allait d'un pas rapide, environné d'images charmantes et douces. Il aspirait à pleins poumons l'air frais de la nuit. Tout ce qui l'entourait connaissait donc son bonheur ? Tout lui parlait de son amour. Les arbres disaient : « Salut, heureux Jean, salut ; nous inclinons nos têtes vers toi, fiancé de la belle Stéphanette ; » les marguerites soupiraient : « Passionnément ; » les grillons, les cigales, toutes les bestioles chanteuses chantaient pour lui ; pour lui, les herbes du chemin murmuraient ; les étoiles avaient un éclat inaccoutumé. Quelle fleur mystérieuse des fiançailles s'était donc ouverte dans les profondeurs de l'azur ? De quelles touffes de lis s'échappaient ces parfums puissants qui l'enivraient ? Il allait à grands pas, porté par sa joie, sans effort, comme s'il eût marché dans le ciel.

Les rares passants qu'il croisa le firent rougir : il s'imagina qu'ils connaissaient son secret.

Bientôt la ville apparut. Jean la traversa jusqu'à la maison de sa bien-aimée. Les volets de la chambre de Stéphanette étaient fermés ; mais, par une fente du bois, une petite lame de lumière s'échappait. C'est là qu'elle vivait, veillant sans doute auprès de sa lampe et d'un livre de prières, pensant peut-être à lui, ignorante du bonheur immense qui l'attendait.

Il mit ses doigts sur les lèvres et dit :

« Que les anges de Dieu te portent le premier baiser de ton fiancé, ô ma Phanette ! »

VII

Jean fut retenu à l'étude pendant toute la journée du lendemain. Le soir, Me Furondeau l'appela et lui dit :

« Monsieur Jean, allez porter, je vous prie, ce petit contrat de vente chez M. le baron de Rieux, et demandez-lui s'il en approuve la rédaction. »

Le notaire tenait à la main un gros rouleau de papier. Sur sa face rebondie errait un sourire qui signifiait, à ne s'y point tromper :

Approuver ce contrat! Eh! je crois bien qu'il l'approuvera! Qui donc pourrait trouver à redire dans une pièce sortie de nos mains ?

Nos mains étaient en effet des plus expertes en l'art sibyllin du notariat. Les actes de Me Furondeau étaient les chefs-d'œuvre du genre, et pour le fond et pour la forme : ils prévoyaient tout, même l'impossible; ils disaient tout, même l'inutile; ils avaient des proportions gigantesques et des profondeurs mystérieuses; ils ressemblaient à ces monuments mégalithiques, construits à l'aide de procédés inconnus, dont le sens échappe, dont l'utilité est un problème; on croit d'abord qu'ils renferment des trésors; mais point, qu'on déblaye, qu'on fouille, c'est à peine si l'on découvrira, entre deux pierres disjointes, quelques débris chétifs, insignifiants, sans rapport avec l'immensité de l'appareil qui les couvre.

Sa silhouette gracieuse
se dessinait de profil sur le fond obscur
de la chambre.

Un art non moins savant présidait au costume de ces merveilleux contrats. Les minutes avaient des chemises bleues, et les copies des chemises roses. Sur les rôles de papier timbré, coquettement reliés avec un ruban assorti, la ronde, la bâtarde, la gothique et l'anglaise mêlaient leurs grâces diverses à l'élégance des accolades, à l'irréprochable correction des traits, à la majesté fulgurante des paraphes.

Les clients ne résistaient point à de pareils chefs-d'œuvre : charmés par la beauté de ces corps d'écriture, étonnés de la solennité des formules, confondus par la longueur des incidents, ils n'essayaient pas même de comprendre, ils admiraient et payaient.

Quarante ans de cette pratique avaient rendu Me Furondeau très fier et très riche.

Jean prit le rouleau que lui présentait le notaire avec une prestesse dont le respect était absent, et sortit en courant.

Que le baron de Rieux demeurât au sud de la ville, au nord ou en galerne, il s'en souciait peu. Il voulait voir Stéphanette. Que de choses s'étaient passées depuis deux jours ! que de choses heureuses qu'il allait lui apprendre !

Amoureux et messager de bonnes nouvelles, il avait deux raisons pour aller vite.

En peu de temps il fut devant la boutique du brocanteur. Stéphanette n'était pas dans la grande salle du bas. Jean passa de l'autre côté de la rue, et comme le premier étage de la maison n'était point élevé, le rez-de-chaussée ne l'étant guère, il aperçut à la fenêtre la jeune fille qui travaillait.

Elle ne le voyait pas. Sa silhouette gracieuse se dessinait de profil sur le fond obscur de la chambre. Aucun bruit de la rue ne la troublait. Elle était là depuis longtemps sans doute, car elle avait sur son visage le calme que donne un long silence. Blanche, immobile, penchée sur son travail, elle était attentive à la fois, comme le sont les femmes, à l'aiguille qu'elle tenait et à quelque songe familier qu'on sentait vivre en elle. Auprès d'elle, et si près que la fleur blanche se détachait sur ses cheveux noirs, un lis était fleuri. Ces deux êtres, femme et fleur, avaient quelque chose de commun et de fraternel. Tous deux semblaient captifs d'un monde trop étroit, tous deux souffraient du même mal, et l'on devinait, à cette grâce mélancolique qui les faisait se ressembler, qu'ils auraient eu besoin de plus d'air et de lumière pour s'épanouir dans toute la richesse de leur sève ardente et jeune.

Personne ne passait en ce moment dans la rue.

Jean appela :

« Phanette ? »

La jeune fille leva les yeux : sous le rayon de soleil qui en jaillit, la figure de Jean s'illumina.

« Une grande nouvelle !

— Et quoi donc ?

— Mon oncle veut bien.

— Oh ! fit-elle, vous lui avez parlé ?

— Oui, et dès demain il viendra ici causer avec vous et avec votre père. Fiancés, ma Phanette, fiancés ! »

L'émotion la saisit au cœur. Une rougeur subite lui monta au visage; puis, sur les lèvres de la jeune fille, un sourire s'épanouit. Le bonheur immense et naïf qu'elle éprouvait, l'aveu de son amour, l'oubli de toutes ses souffrances, et aussi la douceur timide d'une âme pudique jusque dans sa joie, rayonnèrent dans un sourire charmant.

Un passant tourna la rue.

Elle mit un doigt sur sa bouche, et Jean s'éloigna, emportant dans son cœur l'image radieuse de sa bien-aimée.

VIII

Stéphanette était heureuse. Elle s'en étonnait comme d'une chose nouvelle. Son enfance avait été maltraitée, et sa jeunesse était misérable. Toute petite, son père la battait souvent et ne la caressait jamais. De bonne heure elle avait senti, avec cet instinct d'enfant qui ne se trompe pas, qu'elle n'était pas aimée, qu'on la trouvait de trop dans cette maison où elle vivait seule avec lui. Quand elle riait, et c'est un besoin de rire à cet âge, il la frappait ; quand elle pleurait, il l'enfermait ; quand elle s'approchait de lui, il la repoussait ; par bonheur elle n'avait jamais été malade, car il l'aurait laissée mourir. Ne fallait-il pas qu'elle aidât Margot à faire le ménage, Margot, une vieille ignoble qui la battait aussi !

C'était pitié de voir la pauvre petite revenir le matin du marché, chargée d'un gros panier dont le poids faisait pencher tout son corps de côté. Elle allait devant Margot, n'osant s'arrêter de peur des coups. Le reste du jour, il fallait coudre, balayer, éplucher les légumes. Elle voyait avec envie les autres enfants qui jouaient, car elle ne jouait jamais.

Stéphanette avait grandi. Margot n'était plus là. Son père semblait avoir pris son parti de la voir s'élever. Elle était si bonne, si économe, si laborieuse, qu'il n'avait guère d'occasions de s'emporter contre elle.

Toujours silencieux, replié sur lui-même, assis à la même place obscure de la grande salle, il laissait sa fille aller, venir, vendre les plus rares de ses marchandises aux amateurs les plus fidèles, sans jamais paraître s'occuper ni d'elle ni d'eux. Pour un léger oubli, pour la moindre faute de Stéphanette, la colère saisissait le brocanteur, une colère farouche, qui l'agitait comme un accès d'épilepsie. Elle fuyait alors, pour ne pas être tuée.

La jeune fille avait compris qu'il y avait eu dans la vie de cet homme un drame auquel elle avait été mêlée, et que la haine de son père pour elle datait de là. Elle savait de plus, à n'en pas douter, que cet événement mystérieux avait eu lieu au temps de la Révolution. Elle avait remarqué, en effet, le soin extrême avec lequel le brocanteur cachait son nom et se dérobait lui-même aux regards des personnes, nombreuses alors, qui avaient vu ces temps-là. Le soir, quand il sortait, — le brocanteur ne sortait jamais le jour, — il s'enveloppait, même en été, dans un grand manteau vert, à collet relevé, dans lequel son visage disparaissait jusqu'aux yeux. La rencontre d'un passant lui était désagréable : il faisait de longs détours pour éviter certaines rues, et cherchait pour s'y promener les quartiers les plus sombres et les moins peuplés de la ville.

Stéphanette n'en savait pas davantage.

Qui donc l'eût renseignée ? elle n'avait aucune amie de son âge ; et la seule personne qui se fût occupée d'elle en ce monde, et qui l'aimât, la sœur Doctrovée, questionnée par elle à ce sujet, s'était renfermée dans la plus absolue réserve.

Sœur Doctrovée était une ancienne religieuse de la célèbre abbaye bénédictine du Ronceray. Recueillie et élevée par la dernière abbesse, Mme Léontine d'Esparbez de Lussan Bouchard d'Aubeterre, dont elle était proche parente, reçue, toute jeune encore, en qualité de novice, elle portait, depuis un an à peine, l'anneau d'or des dames du Ronceray, quand la terrible liberté révolutionnaire ordonna aux religieuses de renier leurs vœux ou de sortir du cloître.

Des trente filles du Ronceray, pas une ne céda. Elles furent dispersées. La splendide abbaye fut démolie à moitié, et pillée de fond en comble.

C'était pitié de voir la pauvre petite revenir le matin du marché.

Sœur Doctrovée acheta peu de temps après, dans la rue Vauvert, une grande maison avec un grand jardin, dépendances du couvent également abandonné du Calvaire, et s'y retira en compagnie de sœur Apolline, vieille religieuse prudente et dévouée, qui avait été tourière au Ronceray. Ces deux saintes filles vécurent là pendant toute la Révolution, visitant et recevant les pauvres, soignant les malades, adorées de la population du quartier, protégées par les patriotes les plus avancés, auxquels elles faisaient l'aumône à l'occasion. Elles ne quittèrent même pas l'habit de leur ordre, que des personnes, assurément bien intentionnées, leur conseillaient de laisser, et continuèrent de porter la robe noire à longue queue, à larges manches doublées d'une toile blanche plissée en forme de surplis, qui donnait aux demoiselles du Ronceray, dit le P. Hélyot, un air de chanoinesses.

Parmi les innombrables bonnes œuvres de sœur Doctrovée, une des meilleures fut sans doute le soin qu'elle prit d'instruire la petite Stéphanette, et de lui apprendre avant toutes choses qu'il y avait un ciel, une espérance pour les désespérés, et que Dieu avait fait les bonnes sœurs pour les petits enfants qui n'ont ni père ni mère. Sœur Doctrovée, qui n'ignorait aucune misère, avait connu celle-là; elle s'était fait aimer de l'enfant, l'avait attirée chez elle. Peu à peu Stéphanette avait pris l'habitude de se rendre tous les dimanches, les seuls jours qui fussent en partie libres pour elle, dans la rue Vauvert, et là elle étudiait, elle causait, elle jouait avec sœur Doctrovée et sœur Apolline. Elle rapportait aussi des livres qu'elle lisait, et des devoirs qu'elle faisait chez son père, à la veillée. Le brocanteur la laissait faire. La jeune fille avait reçu de la sorte une instruction bien supérieure à celle des enfants de son âge et de sa condition ; mais elle avait surtout appris, à l'école de sœur Doctrovée, la résignation et le courage qui lui étaient si nécessaires.

Cette âme était donc préparée à tous les devoirs, à tous les sacrifices, mais nullement au bonheur, quand Stéphanette connut Jean.

Elle se crut longtemps le jouet d'une illusion, et n'accepta qu'avec crainte la pensée qu'elle était aimée. Elle avait peur de ces inconnues qui s'appelaient la joie et l'espérance, et qui frappaient à sa porte pour la première fois.

Lorsque Jean lui annonça que le marquis consentait à son mariage, elle se sentit tout à coup rassurée, libre d'aimer ; la vie lui parut belle et l'avenir brillant : elle crut à son bonheur.

Voilà pourquoi elle avait eu ce divin sourire.

Les rêves chantèrent toute la nuit dans son cœur, et le matin, quand elle s'éveilla, elle souriait encore.

IX

Il était grand matin. Les moineaux pépiaient sur les gouttières. Ils se disaient les uns aux autres : « Belle journée ! — voyez donc ! — pas un nuage ! — l'aurore est douce, — et Dieu est bon ! »

C'est, du moins, ce que crut comprendre Stéphanette. Elle alla à la fenêtre, et regarda du côté de Saint-Maurice, pour voir l'heure à la grande horloge. Il était cinq heures. Les cloches sonnaient la première messe. L'énorme masse de la nef, les toits attenants de l'évêché, les pignons des maisons voisines, étaient encore dans l'ombre. Mais, le long des hautes flèches de la cathédrale, les dents de pierre qui font saillie et montent jusqu'au faîte s'empourpraient sous les feux du soleil levant. On eût dit que l'aube capricieuse et prodigue avait suspendu deux guirlandes de roses aux clochers de la vieille église.

Stéphanette ne perdit pas de temps à contempler ces jolies fleurs de lumière : les pauvres filles comme elle n'ont pas le loisir d'admirer. Elle se hâtait de s'habiller, car la reconnaissance envers Dieu débordait de son cœur, et elle avait résolu d'aller à la messe. L'église n'était pas loin ; mais il fallait être revenue assez tôt pour que le brocanteur ne remarquât pas l'absence, et que la tâche quotidienne n'en souffrît aucun retard.

Elle fut bientôt prête. Sa robe de serge noire serrée à la taille, bien simple et bien propre, ses deux tresses de cheveux bruns tombant jusqu'au bas de la nuque, relevés et attachés sur le sommet de la tête, faisaient ressortir la blancheur de son teint. Elle ouvrit la porte pour descendre.

A peine avait-elle fait un pas sur le palier de l'escalier, qu'elle se trouva face à face avec son père. Il lui fit signe de rentrer dans la chambre, entra lui-même, et ferma la porte. Il avait sa mauvaise figure : dans ses yeux gris des lueurs jaunes passaient, comme des éclairs ; un rire nerveux arquait sa bouche. Quant cet homme riait, c'est qu'il n'était plus maître de lui. La jeune fille savait cela. Retirée au fond de l'appartement, elle suivait avec une attention inquiète les gestes de son père.

Il se dirigea d'abord vers la fenêtre, s'assura qu'elle était fermée, puis vint à elle à pas rapides, les bras croisés, tournant le dos à la lumière.

« Oui-dà, dit-il, tu faisais meilleure figure hier soir.

— Quand cela ?

— Quand vous causiez, ton amoureux dans la rue, toi à la fenêtre, car je vous ai vus.

— Quel mal y trouvez-vous ? Il n'est d'ailleurs guère demeuré.

— Assez pour te dire : « Fiancés, ma Phanette, fiancés ! » n'est-ce pas ?

— Eh bien ?

— Eh bien ! c'est aller trop vite. Et moi, je ne compte donc plus ici ?

— Oh ! fit-elle douloureusement, vous ne voulez pas ?

— Non.

— Jamais vous ne m'avez empêché de le voir, de lui parler, de l'aimer, et j'ai cru...

— Est-ce que je m'occupe de toi ? » interrompit le brocanteur.

A ce mot cruel, la pauvre fille baissa la tête.

« Alors, dit-elle, laissez-moi libre.

— Non, j'ai besoin de quelqu'un pour me servir et je te garde.

— Père, reprit Stéphanette d'une voix suppliante, et elle posa sa main blanche sur l'épaule du hideux vieillard, qui se retira un peu, j'étais si heureuse, ne détruisez pas mon bonheur, le premier que j'ai eu... »

Il se mit à rire d'un méchant rire cassé.

Stéphanette ajouta :

« Je vous ai servi dès ma petite enfance...

— Dès ta petite enfance, en effet... »

Hudoux la saisit par le bras, et la fit agenouiller.

Une vision étrange passa sans doute en ce moment dans l'esprit du brocanteur, car il ne put achever, ses yeux devinrent fixes et effrayants, et sa figure entière se contracta.

« Oui, reprit la jeune fille, je vous ai toujours servi, je vous ai toujours obéi même en des choses qui m'ont coûté parfois ; j'ai vécu seule avec vous, comme il vous plaît vivre...

— Damnation ! s'écria le vieillard, comme il me plaît vivre ! Ne vois-tu pas que nous vivons comme des maudits ? »

Elle ne répondit pas.

Il reprit avec une animation croissante :

« Tu ne vois donc pas qu'on nous hait, qu'on nous méprise, qu'on nous fuit ? Tu ne vois donc pas que j'ai peur de tout le monde, et que tout le monde a peur de moi ? Je ne sors jamais le jour, je ne sors que la nuit, comme un hibou ; je suis condamné aux ténèbres ! l'as-tu remarqué ? As-tu remarqué que j'évite le feu des réverbères, que je me détourne des passants, que ceux qui me rencontrent me regardent comme on regarde une vipère qu'on va écraser ? As-tu remarqué tout cela ?

— Oui, dit Stéphanette, mais je n'ai pas compris.

— Tu n'as pas compris, tu n'as rien deviné, béate que tu es, confite dans tes patenôtres ! Tu ne t'es pas demandé, sans doute, ce qu'il pouvait y avoir entre ces aristocrates, ces bourgeois, ces calotins et moi ? Je vais te le dire, je vais t'apprendre qui je suis et qui tu es, et après cela... »

Il n'acheva pas sa pensée. Il s'avança vers sa fille, qui, toute tremblante, s'était assise sur un prie-Dieu. Il allait s'asseoir à côté d'elle, quand il aperçut, au-dessus de sa tête, un crucifix pendu à la muraille.

« Pas ici, dit-il d'une voix rauque : celui-ci n'a rien à faire dans cette histoire-là. Viens ailleurs. »

Il l'entraîna plus loin, la fit agenouiller entre lui et le mur, et debout, penché au-dessus d'elle qui pleurait, il lui parla à voix basse. De temps à autre il détournait la tête, comme s'il avait eu peur qu'on ne vînt. Quelle affreuse confidence lui faisait-il donc ?

« Ce n'est pas possible, » murmurait-elle, et ses mains jointes se tordaient.

Il s'arrêta un instant dans son récit, la voix lui manquait ; elle le regarda à la dérobée, avec effroi, comme une victime qui veut échapper, et se leva à moitié pour s'enfuir. Mais il la saisit par le bras, et la rejeta violemment contre le mur.

« Pas encore, dit-il.

— J'espérais que ce serait tout, répondit-elle faiblement.

— Non, ce n'est pas tout. L'oncle de ce damoiseau, le marquis, doit venir ici aujourd'hui, n'est-ce pas ? »

Elle fit un signe de tête affirmatif.

« Il vient pour avoir des renseignements ?

— Oui.

— Eh bien ! c'est toi qui les lui donneras. Je veux que tu lui apprennes toi-même ce que je t'ai dit, que tu lui dises tout..., entends-tu bien, tout ! »

Alors Stéphanette se leva ; elle se redressa de toute sa taille : ses yeux étaient secs, sa figure prit une expression d'énergie hautaine, et elle lui répondit en le regardant droit en face :

« Non, monsieur, vous n'avez pas le droit de me torturer ainsi ; j'ai assez de porter votre honte, c'est à vous de l'apprendre aux autres... J'étouffe ici ! » cria-t-elle.

Avant que son père eût pu l'arrêter, elle s'était élancée vers la porte et l'avait ouverte. Elle allait s'échapper, et son pied se posait déjà sur la première marche de l'escalier de bois qui conduisait dans la rue, quand le brocanteur se précipita sur elle. Dans sa colère il avait saisi par le pied un petit guéridon, le premier objet qu'il avait trouvé à sa portée, et le faisait tourner autour de sa tête. En l'apercevant, Stéphanette eut peur et sentit la force l'abandonner. Lui, porta un coup terrible en avant ; mais, soit qu'il fût trompé par l'obscurité de l'escalier, soit que la colère rendît sa main mal assurée, il frappa sur la rampe de chêne. Le pied du guéridon ploya comme un arc, puis, se redressant, revint en arrière avec une telle violence que la tablette atteignit au front le misérable et lui fit une large entaille. La colère arracha d'affreux blasphèmes au brocanteur.

Sa fille ne les entendit pas. Elle était tombée évanouie. Ses pieds pendaient sur les marches de l'escalier, son corps était étendu sur le palier. La tête, dans la chute, avait rencontré le mur et s'était légèrement inclinée de côté. Une pâleur livide couvrait son visage, qu'éclairait à peine, à travers les vitraux poussiéreux et jaunes de la fenêtre, la lumière encore faible du matin. On eût dit une de ces martyres chrétiennes dont la pudeur et la grâce composaient encore l'attitude suprême au milieu des défaillances de la mort.

Le brocanteur s'accroupit sur les dernières marches de la volée d'escalier conduisant à l'étage supérieur, et se mit à essuyer avec un mouchoir le sang qui coulait de son front. Un tremblement convulsif agitait tout son corps. Il regardait la jeune fille avec une expression de haine, d'effroi, et une fixité extraordinaire, comme un homme qui voit passer entre lui et l'objet qui l'a frappé tout un drame évoqué subitement.

« Il me semble voir encore la mère, » dit-il.

Ses dents claquaient. Il se leva, enjamba le corps de Stéphanette, et descendit dans la boutique.

X

Revenue de son évanouissement, la jeune fille répara le désordre de ses vêtements, et, toute tremblante encore d'émotion, sortit. Elle descendit la ville, passa la Maine, et entra chez sœur Doctrovée par la porte toujours ouverte du jardin.

Dans ce jardin, dont les massifs régulièrement disposés et dessinés par une bordure de buis figuraient, de chaque côté de l'allée, une croix de Saint-André, quelques espèces de fleurs, les mêmes tous les ans, s'épanouissaient : des résédas, des giroflées brunes et surtout des passeroses, plante aimable qui n'a jamais fini de fleurir, et qui meurt ayant encore des boutons, comme nous des projets. C'est là que la bonne sœur Doctrovée se promenait les soirs d'été avec sœur Apolline ; l'une, pleine d'enthousiasme pieux, et l'autre de souvenirs, elles causaient de leurs pauvres, des misères de cette vie, de Dieu, dont leurs saintes âmes voyaient sans doute les anges, dans la nuit bleue, voler d'une étoile à l'autre, et souvent, bien souvent, du Ronceray qui les avait abritées toutes deux, belle alors et florissante abbaye, avec ses grandes richesses, sa vie paisible, ses vastes dépendances qu'animait l'activité silencieuse des sœurs, sa basilique dont les trois nefs, frémissantes depuis sept siècles sous le vent des cantiques sacrés, s'étaient pénétrées à la longue du parfum de l'encens, et sa crypte, plus ancienne encore, où l'on voyait la statuette en bronze de Notre-Dame, et, sortant d'un mur, la ronce merveilleuse qui rampait à ses pieds sans se flétrir jamais ; murailles écroulées à présent, cloîtres abandonnés, église profanée dont la tempête et la pluie noircissaient les pierres et achevaient de faire une ruine, c'est-à-dire une grande infortune oubliée, quelque chose comme une tombe sans nom, devant laquelle le peuple passe sans s'arrêter et sans se souvenir.

La sœur Apolline, qui avait vu Stéphanette arriver, alla prévenir sœur Doctrovée, pendant que la jeune fille pénétrait et s'asseyait dans le parloir, petite salle carée que meublaient six chaises de paille, et dont les murs, blanchis à la chaux, n'avaient pour ornement qu'un crucifix en plâtre bronzé. La bonne sœur se fit attendre un peu ; elle était très occupée : c'était l'heure où elle recevait ses pauvres. Par la porte du parloir, restée ouverte, Stéphanette entendait le murmure de tout un petit monde d'enfants, de femmes, de vieillards à jambes traînantes, réunis dans la grande salle voisine, et, par moments, la voix douce et claire de sœur Doctrovée qui leur parlait.

« Ah ! c'est vous, femme Gerbot ? Vous m'amenez votre Susanne ? Quelle grande fille déjà ! Elle a pris bien de la force depuis trois mois; ce sera une brave ménagère, vous verrez... Sœur Apolline, allez donc me chercher les deux chemises de toile que j'ai mises de côté pour cette enfant. Ma sœur, ma chère sœur, ajoutait-elle en haussant la voix, — car la tourière était déjà loin, — il y a dans l'office une bouteille de vin vieux qu'on m'avait apportée quand j'étais malade : allez donc la chercher aussi pour le mari de la Gerbot, qui a les fièvres tierces... Est-il un peu mieux, votre homme, la Gerbot? Vous lui donnerez mon vieux vin ; seulement, s'il est dans ses mauvais jours, vous ne lui direz pas d'où cela vient, pour qu'il ne se mette point à jurer. Au revoir, la Gerbot ; au revoir, Susanne. »

Elle entra chez sœur Doctrovée par la porte toujours ouverte du jardin.

Sœur Doctrovée passait ainsi d'un groupe à l'autre, parlait aux uns doucement, aux autres fermement, toujours avec à-propos, donnait à tous, et tous se retiraient en bénissant la sainte fille, en qui se reconnaissait la tendresse prudente de la Providence.

Quand elle eut fait le tour de la grande salle, elle se dirigea vers le parloir ; Stéphanette entendit les pas légers de la sœur, le petit grillotis du rosaire pendu à ses côtés, puis la religieuse apparut avec son bon sourire, ses yeux vifs, sa guimpe blanche et ses deux ailes de colombe.

« Qu'avez-vous, ma chère enfant ? dit-elle, vous avec encore pleuré. »

Et, debout près de la jeune fille, elle écouta son récit, joignant parfois les mains en signe de compassion, et la pitié se mêlait sur son visage à la sérénité qu'elle n'altérait point.

Stéphanette lui raconta tout : l'amitié de Jean, les longues appréhensions qu'elle avait eues avant d'y répondre, le consentement de l'oncle et le bonheur qu'elle en avait ressenti, puis l'affreuse scène du matin, le secret du brocanteur, la promesse que son père avait voulu lui arracher de tout révéler elle-même à son fiancé, le refus qu'elle avait opposé, et le coup terrible auquel elle avait par miracle échappé.

« O ma sœur ! dit la pauvre fille en levant sur sœur Doctrovée son visage baigné de larmes, est-ce que vous n'avez pas horreur de moi, maintenant que vous connaissez mon père ? Est-ce que vous saviez qui j'étais quand vous m'avez prise, toute petite, pour m'apprendre à lire ?

— Oui, mon enfant, répondit la sœur.

— Et tout le monde savait cela, excepté moi ?

— Non, peu de gens le savent, au contraire. Ces événements ne sont pas loin de nous ; mais peu de temps suffit pour que beaucoup de choses s'oublient. Un grand nombre de ceux qui ont vu ces jours funestes sont déjà morts ; d'autres ne se souviennent plus du rôle que votre père y a joué ; d'autres enfin ne reconnaissent pas votre père, maintenant qu'il a vieilli et qu'il n'est jamais désigné que sous son prénom, « le père Jérôme, » ou bien ils ne l'ont jamais revu, tant il prend de précautions pour se cacher à tous les regards. Je ne me m'étonne pas que lui, halluciné par le remords, croie voir partout des témoins de sa vie, des accusateurs qui le poursuivent de leur mépris ou de leur haine ; mais cela n'est pas, je vous l'assure. Bien que son nom soit resté tristement célèbre dans cette ville, bien peu de personnes pourraient dire s'il existe encore un être vivant qui porte ce nom-là.

— Vous voyez bien que je ne puis plus, après tout cela, rester avec lui dans cette maison, dans cet enfer ? Je veux venir ici avec vous, ma sœur, vous aider à servir vos pauvres et oublier tout le reste.

— Non, dit gravement sœur Doctrovée, il faut rester. C'est un rude devoir que le vôtre, pauvre petite ; mais vous devez l'accomplir. Votre place est auprès de cet homme, qui est votre père quand même ; soyez l'expiation près de la faute, peut-être Dieu compensera-t-il et pardonnera-t-il. Voulez-vous perdre cette espérance, et croyez-vous que vous puissiez trouver auprès de moi une mission qui vaille celle-là ?

— Et puis-je avouer cette honte à Jean, lui dire que je suis indigne de lui, lui dire cela, moi ? »

Sœur Doctrovée resta pensive un instant.

« Cela vaudrait mieux, dit-elle.

— Non, jamais je ne pourrai, jamais !

— Vous le ferez, mon enfant, quelque pénible que ce soit et bien que vous n'y soyez pas obligée. Vous serez loyale jusqu'à dire l'infamie qui vous atteint, forte jusqu'à briser vous-même le lien qui vous était cher ; si vous faites cela, vous aurez un mérite immense,... et, ajouta-t-elle, qui sait si Dieu ne réserve pas à cette épreuve courageusement subie une récompense aussi grande que le sacrifice ? Mais ne le faites pas pour cela, faites-le pour Lui. »

A ce moment, sœur Apolline vint chercher sœur Doctrovée pour aller voir un malade qui se mourait, et la religieuse quitta le parloir en hâte.

Stéphanette reprit le chemin de la rue de l'Aiguillerie. Quand elle franchit de nouveau le seuil de la maison de son père, qu'elle s'était promis de ne plus revoir, elle était résolue à faire tout ce que lui avait dit de faire sœur Doctrovée.

XI

Vers deux heures de l'après-midi, M. de la Hansaye, qui avait quitté dès le matin la Merlinière, sortit de chez son ami le baron de Rieux et s'achemina vers la rue de l'Aiguillerie. Ses soixante-cinq ans avaient encore bon air dans son costume ancien régime. Son jabot de fine batiste gaufrée, son gilet à fleurs, sa culotte de soie noire, ses bas bien tirés, disaient hautement qu'il avait déjeuné en ville. Son manteau seul était moderne : c'était une pièce de drap bleu foncé, ample comme une tente-abri, et qui n'eut jamais, pour la coupe, l'épaisseur, l'envergure, d'autres frères que les manteaux qu'on voit dans les images sur le dos des grenadiers de la retraite de Russie. Il faisait vaillamment son service, par la neige, par la pluie, et depuis longtemps déjà, sans qu'il y parût. La marquis l'avait emporté, car le temps était pluvieux.

Il allait d'un pas mesuré, réfléchissant à ce qu'il allait dire.

Tout d'abord, pensait-il, j'interroge le bonhomme ; j'ai mes entrées dans la boutique, on m'y connaît, et il me sera facile, sans en avoir l'air, de le questionner sur sa famille, sur les amis qu'il a dans la ville, sur ses petites affaires de fortune ; mais cela n'est que secondaire : l'important, c'est de parler à la jeune fille, c'est de voir si elle a vraiment autant de jugement que de beauté. Je trouverai bien le moyen de l'entretenir à part, pendant quelques minutes au moins ; elle devinera sans doute pourquoi je suis venu ; mais je ne m'avancerai pas, je me tiendrai sur la réserve ; je ne viens pas faire une demande, corbleu ! pas encore, je viens prendre des renseignements. Ma visite ne sera probablement pas longue ; elle sera trop longue encore pour mon pauvre Jean, qui doit m'attendre chez Me Furondeau. Il est convenu qu'il m'y attendra ; mais je parierais bien l'opulence de mes ancêtres contre une coquille de Saint-Jacques que je le verrai, au bout de dix minutes, apparaître, au coin de la rue et guetter ma sortie. Impatiente, heureuse jeunesse !

Ce disant, il arriva devant la boutique, et ouvrit la porte.

Stéphanette était assise à gauche, près de la fenêtre. Au bruit que fit le marquis en entrant, elle se leva, et M. de la Hansaye aperçut la silhouette de la jeune fille, qui se détachait sur le fond lumineux des vitres ; mais il ne vit pas son visage : elle ne s'était pas détournée, sachant trop bien qui entrait. Il alla droit au brocanteur, qui se tenait, selon sa coutume, au fond de sa boutique, dans un coin sombre, entre deux meubles. Le brocanteur avait la tête entourée de bandes de toile, dont les effilures tombaient en franges jusque sur ses yeux, et que maculaient quelques gouttes de sang.

« Vous vous êtes blessé? demanda poliment le marquis.

— Oui, répondit-il d'un ton maussade, je suis tombé d'une échelle.

— Je suis d'autant plus contrarié de cet accident, reprit M. de la Hansaye, qu'ayant une heure ou deux à passer en ville, je venais vous demander de visiter vos curieuses collections; vous m'auriez raconté l'histoire de vos trésors : un vieil amateur comme moi aurait eu le droit de vous la demander, je suppose?

— Ce n'est pas pour ça que vous venez, reprit le brocanteur.

— Comment donc? dit le marquis, à qui le sang monta au visage.

— Non, vous veniez prendre des renseignements. Ce n'est pas la peine de vous cacher. Ma fille vous les donnera; moi je ne puis pas parler, je suis malade. »

Et du doigt il désignait, avec une expression de méchanceté telle que le marquis en fut frappé, sa fille, toujours debout à l'extrémité de la salle.

M. de la Hansaye était à la fois piqué de l'accueil peu obligeant qu'il recevait, étonné qu'on sût ce qu'il venait faire, déconcerté dans ses plans d'attaque. Il eut grande envie de s'en aller. Il surmonta cependant cette impression.

C'est un rustre de la pire espèce, se dit-il; j'irai quand même jusqu'au bout de ma mission.

Il traversa la salle et s'arrêta à quelques pas de la jeune fille, sans qu'elle se détournât, sans qu'elle parût même s'apercevoir de son approche. Elle était vêtue de noir. Le marquis remarqua que ses mains, qu'elle appuyait sur une petite table placée devant elle, comme pour se soutenir, tremblaient, et que sa respiration était haletante.

« Mademoiselle, dit-il, c'est à vous que je vais m'adresser à présent, puisque votre père m'en donne la permission. »

Un sanglot étouffé lui répondit seul.

M. de la Hansaye, ne comprenant rien à cette scène, regardait alternativement la jeune fille et son père. Après quelques instants :

« Je m'aperçois, dit-il, que je suis de trop ici, mademoiselle; je vous demande pardon, et je me retire. »

Il s'éloignait déjà quand, d'une voix faible et brisée par l'émotion, elle lui jeta ces mots :

« Je m'appelle Stéphanette.

— Je le savais, mademoiselle, répondit le marquis en revenant sur ses pas, c'est un fort joli nom.

— Stéphanette Hudoux! » cria-t-elle.

Puis elle se laissa tomber sur un fauteuil, cacha sa tête entre ses mains, et fondit en larmes.

Le sacrifice était consommé.

Hudoux! quel nom, et quels souvenirs il rappelait! Hudoux, le secrétaire de la commission militaire qui, sous la Terreur, avait envoyé tant de malheureux à la mort, dont la cruauté froide n'avait jamais connu la pitié, qui n'interrogeait que pour condamner; Hudoux, l'ami de Carrier, l'homme qui riait aux exécutions, qu'on avait vu plusieurs fois, quand les bourreaux, lassés, refusaient de faire leur affreux métier, prendre leur place et guillotiner lui-même ses victimes; Hudoux, qui, sur le registre de la commission, avait, le 18 pluviôse an II, marqué de la lettre fatale le nom de Mme de la Tremblaye, la belle et charmante sœur du marquis.

Toute cette horreur passa comme un coup de tonnerre dans l'âme du gentilhomme. Il avait cru ce misérable mort, enfoui avec les années qu'il avait ensanglantées, et il le retrouvait vivant, et il venait de lui parler, et il était chez lui, et son neveu aimait sa fille.

La colère, l'indignation, l'effroi, le poussèrent hors de la maison. Il s'enfuit plutôt qu'il ne sortit. Mais son dernier coup d'œil tomba sur Stéphanette, accablée, brisée de douleur, innocente des crimes de son père dont elle portait la honte, et cette vue lui fit pitié.

« Malheureuse enfant! » murmura-t-il.

Dehors, à vingt pas de la porte, son neveu l'attendait, sous la pluie qui tombait fine et serrée. La figure de Jean s'assombrit, quand il put distinguer les traits bouleversés du vieillard.

« Eh bien, mon oncle? fit-il.

— Pauvre petit! » répondit le marquis, et il l'embrassa en pleine rue; puis il jeta un coin de son manteau sur l'épaule de Jean, passa son bras sous celui du jeune homme, et, se penchant vers lui, de sa voix la plus douce :

« Viens, » dit-il.

Ils prirent la direction de la Merlinière, serrés l'un contre l'autre, formant une seule masse brune au milieu de la chaussée, et, à travers les vitres de la boutique, Stéphanette, les yeux baignés de larmes, les regardait s'éloigner dans le brouillard.

XII

Deux mois plus tard, au commencement de septembre, le chevalier Jean de Trémière était nommé garde du corps de Louis XVIII et recevait l'ordre de partir pour Paris. M. de la Hansaye n'avait eu qu'à demander cette faveur pour l'obtenir de suite. Son nom, ses longs services, ses anciennes relations, lui donnaient quelque crédit à la cour, et la satisfaction qu'il eut d'en recevoir la preuve fut, pour le vieillard, un grand adoucissement au chagrin qu'il éprouvait de se séparer de son neveu.

Au jour marqué, le marquis, Jean, Baptiste et Gothon, partirent à pied de la Merlinière pour se rendre à Angers, où le jeune garde du corps devait prendre la diligence. Ces quatre personnages étaient divisés en deux groupes : en tête, le marquis, marchant à pas relevés, causant batailles et embuscades, le teint vermeil, un grain de poudre dans la cervelle, le verbe haut, débordant de conseils sur la tactique et le maniement du mousqueton, et, près de lui, Jean, grave et un peu fier de se trouver, pour la première fois, en vrai chevalier de Trémière.

Derrière eux venaient Baptiste et Gothon. Gothon trottinait, essoufflée, s'essuyant alternativement le front et les yeux.

Elle portait à la main un paquet enveloppé d'une serviette fine nouée par les quatre coins. Elle n'était pas d'humeur endurante, la pauvre Gothon; ce jour-là moins qu'un autre, et rien ne l'impatientait plus que de voir, à côté d'elle, marcher à grandes enjambées son camarade Baptiste, souriant, triomphant, indifférent à tout ce qu'elle lui disait, les yeux fixés sur l'uniforme bleu à parements rouges et à galons d'argent qui étincelaient à dix pas devant lui. De temps à autre, Baptiste, qui portait les bagages du jeune garde du corps, c'est-à-dire quelques chemises, quelques livres dans un cabas de crin noir, et une belle paire de bottes neuves pendues par une ficelle aux poignées du cabas, s'arrêtait et donnait un coup de revers de manche sur la tige des bottes du chevalier, que ternissait la poussière de la route. C'était à recommencer tous les cent mètres; Gothon le laissait derrière elle en grommelant. Ces deux bonnes gens étaient, comme toujours, d'avis contraire : Gothon dolente de voir partir Jean, Baptiste ravi d'escorter un garde du corps de « Sa Majesté le roi », comme il disait.

Quand ils débouchèrent de la rue Baudrière sur le quai Royal, d'où partait la diligence de Paris, on attelait les chevaux, et la bâche de la voiture était déjà bouclée.

Il y avait là, autour de l'immense berline à trois corps, tout un monde de facteurs, de postillons, de voyageurs effarés courant après des colis égarés, et surtout de parents, d'amis, de connaissances ou de simples curieux, qui encombraient la voie : car rien ne gêne un départ comme ceux qui ne partent pas. On s'embrassait, on criait, les chevaux piaffaient, on s'entendait à peine.

« Arrivez donc, monsieur, c'est vous qui avez une place d'intérieur pour Paris? dit le contrôleur au jeune homme.

— Oui, monsieur.

— Vous êtes en retard, la place est prise par une dame; il n'y a plus de place que là-haut, sous la bâche.

— J'y monte, répondit Jean.

— Et pour vos bagages, mettez-les où vous voudrez, ajouta le demi-fonctionnaire, grognon ce jour-là comme un fonctionnaire tout entier, la bâche est bouclée. »

Jean se prit à sourire, en regardant le cabas et la paire de bottes.

« Je les mettrai sous moi, » dit-il.

L'heure de la séparation était venue. Le marquis embrassa son neveu à deux reprises; Baptiste s'enhardit jusqu'à tendre la main à son jeune maître, après lui avoir donné ses bagages qu'il époussetait furieusement depuis quelques minutes, et Gothon, qui n'en pouvait plus de fatigue et d'émotion, remit à son petit Jean le paquet qu'elle portait depuis la Merlinière.

« Tiens, mon petit Jean, dit-elle, c'est pour toi. »

Elle n'en put dire plus long, et détourna la tête pour cacher ses larmes.

« Au revoir, et merci, ma bonne Gothon, » répondit le jeune homme, qui, ses bagages d'une main, et tenant de l'autre la courroie de cuir qui pendait du sommet de la voiture, grimpa lestement jusqu'à la banquette supérieure, et prit la dernière place libre, du côté opposé à celui par où il avait monté.

Quand il eut mis son cabas sous la banquette et rangé son épée le long de ses jambes, le chevalier voulut voir ce qu'enveloppait la serviette blanche que, de la chaussée, Gothon couvait encore des yeux. Il dénoua les coins et trouva une bourriche d'osier pleine des plus belles pêches de la Merlinière, veloutées, parfumées, veinées d'or pâle ou de vermillon; sur le couvercle, un bouquet de roses blanches et de roses rouges.

« Oh! les belles fleurs et les belles pêches, Gothon! »

Le visage de Gothon s'épanouit.

Jean regardait une forme svelte et noire qui s'éloignait le long des berges de la Maine.

« Vous n'en trouverez pas comme cela dans votre Paris, monsieur Jean, » répondit-elle.

A ce moment, une jeune fille, vêtue de deuil, passa près de la voiture. Elle allait rapidement, sans tourner ni lever la tête, indifférente à tout. Jean la vit et tressaillit. Il ne put détacher ses yeux de cette soudaine apparition, et quand la voiture s'ébranla, quand les clameurs de la foule, se mêlant aux claquements sonores des fouets, saluèrent le départ de la diligence, M. de la Hansaye remarqua tristement que son neveu ne répondait pas aux derniers adieux de son vieil oncle, et, les yeux fixés en avant, regardait une forme svelte et noire qui s'éloignait le long des berges de la Maine.

Quelques jours s'écoulèrent, bien longs pour les habitants de la Merlinière. Enfin le facteur apporta une lettre timbrée de Paris.

« Oui, Gothon; oui, Baptiste; oui, mes enfants, s'écria le marquis, assis devant la cheminée de la cuisine, une lettre de Jean, la première depuis près de deux semaines qu'il est parti, l'ingrat; on va voir s'il ne nous a pas trop oubliés. Asseyez-vous donc, facteur, et buvez un coup de vin. C'est un beau jour : une lettre de Jean!

— Je parierais qu'il est déjà malade dans son grand Paris, ce pauvre cher enfant! murmura Gothon.

— Que non, dit Baptiste; moi je suis sûr qu'il a déjà été remarqué par Sa Majesté le roi.

— Taisez-vous donc, reprit le marquis en déployant la lettre, voici ce qu'il écrit. »

Et le bon vieillard lut tout haut et lentement :

A Monsieur,

« *Monsieur le marquis de la Hansaye,*

« *à la Merlinière, près Angers.*

« Mon cher oncle, depuis huit jours que je suis à Paris, je n'ai pu trouver le temps de vous écrire : mon équipement, les visites à mes chefs, les exigences du service, ne m'ont pas laissé un instant de liberté.

« J'ai été présenté au roi le lendemain de mon arrivée. Quelle émotion, mon cher oncle! En vérité, si c'était à recommencer, je n'oserais jamais. Et pourtant le roi a été bien aimable pour moi. Il était dans son cabinet de travail, assis devant un grand bureau; un de ses ministres, M. le duc de Richelieu, je crois, lui lisait un rapport.

« J'entre. Le roi se détourne. Je reste immobile, ne pouvant plus marcher.

« — Eh bien! monsieur, dit le roi, qui s'aperçoit de mon trouble, avancez donc : comment! un de mes gardes du corps aurait peur? »

« L'esprit et le mouvement me reviennent à la fois; je lui réponds :

« — Ah! Sire, si c'était l'ennemi! »

« Vive le roi, » cria le vieux chouan.

« Le roi sourit.

« — Monsieur, me dit-il, vos aïeux ont bien servi les miens : êtes-vous le dernier Trémière?

« — Oui, Sire.

« — Ce serait dommage, reprend le roi en souriant de nouveau. Dites au marquis Merlin, votre oncle, qu'il est un brave et que je le remercie du beau garde du corps qu'il m'envoie. »

« Et le roi me fait signe de me retirer. »

« Dites au marquis Merlin qu'il est un brave, et que je le remercie, répéta M. de la Hansaye ravi. Ah! Baptiste, que ça fait du bien d'entendre dire ça!

— Il n'a rien dit de moi, dit Baptiste, mais c'est tout comme, car il sait bien que j'ai toujours suivi monsieur le marquis, pas vrai? Vive le roi! cria le vieux chouan en se redressant de toute sa taille.

— Paix, Baptiste, paix, continuons. »

« Mon oncle, c'est bien beau un roi. Quand le nôtre m'a regardé avec son grand air, j'ai senti battre mon cœur comme si j'étais à la bataille, et j'ai pensé : S'il le fallait, je mourrais pour lui avec plaisir. Mon oncle, il y a des imbéciles qui disent qu'un roi n'est qu'un homme; ceux-là n'en ont pas vu. Moi qui viens d'en voir un, je vous dis que c'est bien plus qu'un homme, et que j'ai cru voir en lui le résumé de la patrie, la patrie elle-même, noble, puissante et douce.

« J'ai été de service au palais, hier le 15 septembre, pour la première fois. A onze heures, Sa Majesté s'est rendue à la messe, avec les princes et princesses. La foule, qui l'attendait à passer, l'a acclamé. Ce peuple, qui a salué de ses vivats tant de gouvernements, semblait cependant sincère et naturel dans sa joie, comme un buveur qui s'est longtemps grisé de grosse bière et d'eau-de-vie, et qui revient avec plaisir au vin franc de nos coteaux. Dans la journée, il y a eu parade militaire dans la cour des Tuileries par la 4e légion de la garde nationale, le 2e et le 5e régiments de la garde royale, un régiment de cuirassiers, je ne sais plus lequel, les lanciers de la garde et un escadron d'artillerie. C'était superbe. Monsieur et les princes ses fils étaient à cheval. Ils ont parcouru les rangs et félicité les troupes. J'ai aperçu, à l'une des fenêtres de la galerie de Diane, la jeune duchesse de Berry. Toute cette famille est militaire, même les femmes.

« Enfin, pour vous donner une idée de toutes les belles choses que j'ai vues hier, sachez, mon cher oncle, qu'au Champ-de-Mars, le soir, devant une foule immense, miss Elisa Garnerin s'est élevée en ballon, avec sa jeune sœur.

« Vous avez sans doute appris déjà que la Chambre a été dissoute par ordonnance du 5 septembre. On crie beaucoup ici contre cette mesure; moi, je n'ai pas d'avis sur ce point, n'étant qu'un jeune garde du corps, qui attend sa moustache et ses galons à pousser.

« Ma vie nouvelle, active et bruyante, me convient à merveille. Je me sens soldat depuis des générations. Elle a surtout pour moi un inappréciable avantage, c'est qu'elle m'empêche de penser à bien des choses qu'on sent pleurer au fond de son cœur. Oh! le passé, mon oncle, ce passé d'hier, je sais qu'il est de mon devoir de l'oublier; l'honneur même le commande, et cependant je ne puis. Priez pour moi, car je suis quelquefois bien malheureux. Mais ne parlons pas de cela. Parlons de vous et de la Merlinière.

« Comment va Gothon? Comment va Baptiste? Baptiste ne m'a pas fini sa dernière histoire. Il en était à ce moment où *Sans-Peur*, de Marans, ayant surpris un bleu dans le champ du Grand-Écobu, le rapporte au bivouac par le fond de sa culotte. Je veux savoir la fin. Ce sera pour quand je reviendrai, n'est-ce pas? »

« Toujours bien honnête, monsieur Jean, » dit Baptiste.

« Au revoir, mon cher oncle; croyez que je n'oublie rien ni personne d'Angers, que je me souviens surtout de vous, de vos exemples, de vos leçons, et que toute mon ambition est de rester digne de mon oncle Merlin, que j'embrasse de tout mon cœur.

« JEAN. »

« Cher enfant! » dit le marquis, et il resta pensif plusieurs minutes, partagé entre des sentiments divers, pendant que Gothon grognait de plaisir dans l'arrière-cuisine, et que Baptiste, un peu troublé par tant de belles choses, debout sur le seuil, affectait de regarder le temps pour dissimuler son émotion.

« Facteur, dit le marquis, buvez un second coup pour votre peine, et rapportez-nous souvent des lettres comme celle-là. »

Le facteur continua d'apporter, toutes les trois semaines environ, la lettre attendue de Paris. Les lettres de Jean étaient généralement d'allure militaire, courtes, affectueuses, tristes parfois, et, toujours bien reçues par le marquis, elles étaient soigneusement conservées dans une boîte de bois de couleur chocolat, qui fermait à clef : une rareté à la Merlinière.

XIII

Jean était depuis dix-huit mois dans les gardes du corps, lorsqu'un incident, qui fit sur lui une profonde impression, le détermina à se séparer de ses camarades.

Parmi les jeunes gentilshommes qui l'entouraient, riches, heureux, insouciants, accourus de tous les coins de la France pour mettre au service du roi leurs personnes élégantes et leurs épées toutes neuves, il avait su, quoique pauvre et, dans le principe, un peu gauche, se faire une place honorable. On l'estimait, on le tenait pour un noble cœur, et sa tristesse, qu'il dissimulait d'ailleurs autant qu'il le pouvait, avait été respectée jusqu'alors. Ses camarades ne lui en avaient jamais demandé la cause, et Jean n'était pas homme à raconter dans une salle des gardes l'histoire de sa vie. Il ne parlait guère des autres et jamais de lui-même.

Un soir de février 1818, une vingtaine de jeunes gens des gardes étaient réunis dans une salle du premier étage du café Valois, situé dans les galeries du Palais-Royal, et où les royalistes se donnaient de préférence rendez-vous. La compagnie était joyeuse et charmante. Que de beaux noms et que de jolies têtes! C'étaient d'Anteroche, Vintimille, la Jarente, Cicé, Saint-Luc, Sabran, Hercé, Castries, Argentré, Chaumont, et dix autres, aussi nobles, aussi fiers de leurs vingt ans, de leurs galons, de leurs moustaches et du sang ardent qui coulait dans leurs veines. Ils étaient assis autour d'un punch qui flambait dans un grand bol argenté. La flamme bleue courait d'un bord à l'autre de la coupe, frissonnante, dégageant un parfum délicieux. Eux regardaient, riaient, s'interpellaient. Les bons mots se croisaient dans l'air; c'était un bruit de voix claires, de chansons fredonnées, de cliquetis d'armes, de talons frappant le plancher.

Jean de Trémière se trouvait dans la salle, parmi eux; mais sa pensée était ailleurs. La joie bruyante des autres avait éveillé en lui une tristesse plus amère que de coutume; il avait d'abord essayé de lutter; mais bientôt, s'abandonnant tout entier à la domination des souvenirs, il s'était retiré à l'écart, dans un angle, et sans rien voir, sans rien entendre, il regardait par la fenêtre les passants et les étoiles.

Le punch fut éteint. Une première fois les verres furent remplis jusqu'au bord. On but au roi, et les vitres furent secouées des cris de : Vive le roi! que poussèrent les jeunes gardes. Plusieurs autres santés furent portées, les têtes s'échauffèrent. L'un des buveurs s'aperçut que le verre de Jean était encore plein, et que le jeune homme ne faisait nulle attention à tout ce qui se passait autour de lui.

« Messieurs, dit-il, je vous dénonce Trémière, qui ne boit pas.

— C'est vrai, c'est vrai, répondirent plusieurs voix; il a l'air triste à lui seul comme une troupe de corneilles.

— Qu'est-ce que tu as, Trémière?

— Il a monté la garde la moitié de la nuit, dit Cicé.

— Son concierge lui a donné congé, dit Vintimille.

— Non, dit Sabran avec un léger accent méridional; moi je sais ce qu'il a : il est amoureux.

« Je bois, dit l'impitoyable Sabran, à la belle Stéphanette. »

— De qui? de qui? demandèrent tous les camarades.

— D'une duchesse douairière, repartit d'Anteroche; je le connais, c'est un antiquaire.

— Trémière, veux-tu que je nomme ta belle? » dit Sabran.

Jean, un peu ému et nerveux, répondit en essayant de rire :

« Si tu peux, Georges.

— Eh bien, mes amis, voici ce qui m'est arrivé. Il y a trois jours je relevais de garde notre ami Trémière, à six heures du soir, aux Tuileries. Au bout d'une demi-heure, je commençais à m'ennuyer furieusement; je cherchai une inspiration en regardant le mur, et j'aperçus une inscription, gravée à la pointe de l'épée. Après l'avoir écrite on l'avait bien grattée, mais j'ai pu la rétablir; comme Champollion, j'ai fait des prodiges d'étude et de patience qui me rendent digne de l'Académie des inscriptions et belles-lettres, et j'ai lu un nom, un nom de femme, un joli nom gothique; il y avait, je vous le donne en mille, mes amis; il y avait écrit : Stéphanette!

— Ah! ah! crièrent-ils tous.

— Qu'as-tu à répondre, Trémière? dit Cicé, est-ce toi qui es l'amoureux de Mlle Phanette?

— Phanette de Romanin, dame de Brulx, présidait une cour d'amour au XIIe siècle, repartit Sabran. N'est-ce pas vrai, vous autres du Midi? »

Deux ou trois voix répondirent : « Oui, oui! »

A ce mot de Stéphanette, Jean s'était levé; il n'essayait plus de rire. Sa physionomie exprimait un mélange de douleur et de colère.

« Laissons cela, je vous prie, messieurs, » dit-il.

Mais ses camarades ne comprenaient pas la cruauté qu'ils commettaient.

Ils insistèrent. Ces têtes folles se piquèrent au jeu.

Sabran remplit les verres des vingt jeunes gens.

« Mes camarades, dit-il, je porte la dernière santé. Allons, Trémière, lève ton verre avec nous. »

Jean leva son verre, espérant qu'il ne serait plus question de lui.

« Je bois, dit l'impitoyable Sabran, à la belle Stéphanette! »

Jean, d'un mouvement violent, jeta sur le plancher son verre, qui se brisa en mille pièces.

« Elle est morte! » s'écria-t-il.

Et, se frayant un passage parmi ses camarades stupéfaits, il sortit, afin de cacher les larmes de colère et de chagrin qui l'étouffaient.

Cet incident lui fut extrêmement pénible. Sa résolution fut prise à l'instant.

Je quitterai les gardes du corps, pensa-t-il; on m'y connaît trop à présent, et je prendrai du service dans un régiment actif.

Quelques jours après, en effet, grâce à la protection de plusieurs personnages influents à la cour, dont il s'était attiré l'estime, Jean de Trémière était nommé lieutenant aux grenadiers de la garde, à Paris.

Quand il annonça cette nouvelle à son oncle, il ne lui raconta pas la scène qui avait motivé son changement de corps, et fit valoir seulement auprès du vieillard, que la vérité eût inutilement ému, le désir qu'il avait d'avancer et de faire campagne, si l'occasion s'en offrait.

XIV

Un matin de printemps de cette même année deux femmes, qui revenaient du marché, descendaient en causant la place Sainte-Croix.

« Tu es sûre qu'il est très malade? disait l'une.

— Oui, répondait l'autre. La voisine d'en face l'a vu par la fenêtre qui se tordait en criant comme un possédé.

— C'en est un, ma chère, et un vrai.

— Tenez, avant-hier, justement le jour où ça lui a pris, ma cousine, qui passait dans la rue, à la brune, a vu de la flamme rouge sortir de la cheminée.

— Ce n'est pas bon signe. Sa fille le soigne?

— Oui, et toute seule. Personne autre n'ose approcher. Vous comprenez, ma chère, un homme pareil! Ce n'est pas moi qui voudrais le soigner.

— Ni moi non plus. Au revoir, la Gerbot.

— Au revoir. »

Les deux femmes se séparèrent : l'une descendit la rue Baudrière, l'autre prit la rue Saint-Laud.

Le brocanteur Hudoux était, en effet, très malade. Une fièvre intense l'avait saisi, puis le délire était venu et ne l'avait plus quitté.

On était au matin du troisième jour. Aucun mieux ne s'était produit. Stéphanette soignait et veillait son père.

Assise près de la cheminée, où brûlait un feu de sarments, à demi engourdie par la fatigue de deux nuits sans sommeil, elle écoutait la respiration haletante du malade couché au fond de la chambre, dans un lit à grands rideaux jaunes. Quelque courageuse qu'elle fût, la jeune fille se sentait envahir peu à peu par une sorte de frayeur à laquelle échappent rarement les personnes les plus braves, lorsqu'elles demeurent seules, pendant de longues heures, au chevet d'un homme en délire.

Le délire du brocanteur était effrayant.

Par moments, des visions étranges passaient dans son esprit et le secouaient de la torpeur où il était plongé. Il se redressait en sursaut, les menaçait, leur adressait des paroles incohérentes au milieu desquelles Stéphanette discernait des aveux qui la faisaient frissonner, et qui jetaient une lueur sinistre sur le passé de cet homme.

Vers trois heures de l'après-midi, Hudoux eut un accès plus fort et plus long que les autres. Il se redressa brusquement, se tourna du côté du mur, et leva les bras en l'air en poussant un cri sauvage. Une effrayante vision le hantait : toutes les victimes qu'il avait faites au temps de la Terreur, multitude de tous les âges, rappelées par le remords du fond de leurs tombeaux, passaient une à une devant le moribond. Ces ombres légères, visibles pour lui seul, sortaient de la ruelle comme des brouillards que le vent chasse le matin sur la face des marais, et montaient lentement jusqu'au ciel de lit, qu'elles traversaient sans effort. Elles se succédaient sans intervalle, de sorte que les pieds de l'une touchaient la tête de celle qui suivait.

Lui, hagard, le corps penché en avant, il les nommait à mesure, chacune par leur nom, sans hésiter, avec une effrayante lucidité de mémoire. On eût dit qu'il appelait le registre de la commission militaire : « Jacqueline Jacquier, fusillée, disait-il ; Hersende Vogle, guillotinée ; la Haie-des Hommes, guillotiné ; Alfred Bart, fusillé ; la belle la Sorinière, guillotinée. »

Si ces fantômes s'évanouissaient pour un instant, si Stéphanette parvenait à le faire se recoucher, dans son sommeil il croyait voir, accroupis en face de lui, deux démons aux yeux de chèvre qui le regardaient en ricanant, et de leurs pattes velues attiraient lentement à eux les draps du lit.

La liste était longue. Stéphanette écoutait, épouvantée. Tout à coup le malade se mit à trembler de tous ses membres et s'écria : « Pourquoi viens-tu aussi? » d'un ton si douloureux, que Phanette se leva et vint s'agenouiller auprès de lui.

« Père, couchez-vous, dit-elle ; ce n'est rien.

— Comment, rien? ta mère, Phanette, ta mère! vois-tu comme le rideau tremble?

— C'est le vent qui passe sous la porte, mon père.

— Et ses yeux qui éclairent toute la chambre?

— C'est la flamme du sarment, là-bas.

— Pourquoi viens-tu me tourmenter aussi? répétait le misérable. Tu vois bien qu'elle n'est pas morte ; qui en veut? personne! Eh bien, ni moi non plus! Je l'ai jetée, c'est vrai ; mais elle vit encore, la voilà. Toi seule tu es morte, ta belle tête a roulé, blanche et rouge. »

Et le brocanteur ferma les yeux, se renversa en arrière, et retomba sur le lit en murmurant :

« Ayez pitié de moi!

— Courez vite chercher le prêtre, dit sœur Doctrovée, qui venait d'entrer et qui avait entendu ces derniers cris du moribond, courez vite : il le recevra peut-être maintenant, s'il n'est pas trop tard. »

Elle s'approcha de Hudoux. Il était inerte; tous les muscles de son corps étaient violemment tendus, il respirait encore faiblement.

Le prêtre arriva.

C'était un vieux chanoine du chapitre de Saint-Maurice, l'abbé Sébastien Marteau, qui pendant la révolution s'était caché à Angers et depuis se tenait à la disposition des curés de la ville pour les suppléer en cas de besoin. Le curé de la paroisse étant absent, il était venu.

— Laissez-nous seuls, » dit-il aux femmes.

Il s'assit auprès du lit, attendant que Hudoux sortît de cette espèce de léthargie, car il espérait qu'à la suite de cette crise la raison reviendrait au malade.

En effet, au bout de quelque temps, celui-ci ouvrit les yeux. Il aperçut le prêtre à son chevet et parut étonné, mais aucune colère ne se trahit sur son visage. Il voulut parler, et ne put pas. Il secoua la tête, et de la main fit un geste qui signifiait : « A quoi bon? » L'abbé se pencha au-dessus de cet homme autrefois si terrible, accablé à présent par la mort.

« Ne désespérez pas, mon frère, dit-il. Dieu pardonne tout. »

Le brocanteur recouvra peu à peu la parole et toute sa raison. Il se confessa; puis il parla longuement au prêtre, qui à sa demande prit des notes sous sa dictée.

Sœur Doctrovée et Stéphanette rentrèrent alors dans la chambre.

« Monsieur l'abbé, dit Hudoux, vous me promettez de lui remettre cela quand je serai mort, n'est-ce pas?

— Je vous le promets, » répondit le prêtre.

Il se retira. Le malade s'endormit.

Hudoux vécut encore deux jours.

Deux personnes seulement suivirent son cercueil : le prêtre et sœur Doctrovée.

Le lendemain, l'abbé Marteau remit à Stéphanette un rouleau de papier soigneusement cacheté. Ce rouleau contenait diverses pièces manuscrites, dont la plus importante est rapportée ici.

XV

« Aujourd'hui 7 avril 1818, j'ai été appelé au lit de mort du nommé Hudoux, ancien secrétaire de la commission militaire sous la Terreur. Ce malheureux m'a supplié, pour la paix de sa conscience, de rédiger par écrit, dans les plus petits détails, le récit qu'il m'a fait d'un des crimes de sa vie dont l'histoire importe grandement à une personne actuellement vivante, puisqu'elle doit tirer cette personne de l'erreur où elle est sur sa véritable condition.

« Pour condescendre à la volonté de Hudoux, j'ai donc écrit ce qui suit; j'affirme la parfaite conformité de ce récit avec celui du brocanteur. Mes souvenirs personnels me représentent fidèlement plusieurs des faits qui sont rapportés ici et dont j'ai été le témoin, dans la journée du 18 pluviôse de l'an II. Les pièces y annexées que je me suis procurées sur les indications de Hudoux, non moins que la gravité qu'emprunte ce récit à l'heure où il a été fait, en garantissent encore la sincérité. »

La pièce était signée :

« SÉBASTIEN MARTEAU,

« *chanoine de l'église cathédrale.* »

A la suite on lisait :

« Le 18 pluviôse an II, on guillotina des suspects à Angers. Le fait était des plus communs en ce temps-là : la populace avait besoin de voir du sang tous les jours, pour s'assurer qu'elle régnait encore. Trente-deux prisonniers, détenus depuis plusieurs mois dans les bâtiments de l'ancien grand séminaire, au pied de la tour Saint-Aubin, furent conduits devant la commission militaire. Avant dix heures du matin, ils étaient tous interrogés, condamnés et réintégrés dans la prison.

« A cette époque, la plupart des prêtres d'Angers, mes collègues, étaient morts, déportés ou en fuite. Un très petit nombre se tenaient cachés, comme moi, dans la ville. Confiné dans une chambre, au quatrième étage, dont la fenêtre donnait sur la chaussée Saint-Pierre, je sortais peu en plein jour, de peur d'être découvert. Cependant, lorsque j'apprenais que des prisonniers devaient être exécutés, il m'arriva plusieurs fois de me mêler à la foule, sous un costume d'emprunt, afin de pouvoir absoudre les malheureuses victimes, pendant le trajet de la prison au lieu du supplice.

« Le 18 pluviôse au matin, je me souviens qu'un domestique de la maison où je logeais m'avertit qu'il y aurait de nombreuses exécutions dans la journée. Je sortis vers midi, déguisé, et je me rendis au grand séminaire, où les condamnés étaient détenus. Quand j'arrivai, il y avait déjà dans la rue des hommes et des femmes qui attendaient. Les portes de la prison étaient ouvertes, et nous apercevions à quelques pas, dans la cour intérieure, les prisonniers réunis par groupes. Quelques-uns nous regardaient d'un air hautain, comme pour nous braver ; la plupart pleuraient. Ils se disaient adieu les uns aux autres.

« Dans un angle un peu à l'écart, se tenait une femme. C'était Mme la comtesse de la Tremblaye, dont le mari se battait en Vendée, où il devait succomber glorieusement un an plus tard. J'ignorais alors qui elle était, mais en la voyant je fus saisi d'une pitié profonde ; car, seule de toutes les infortunées qui allaient mourir, elle portait un petit enfant dans ses bras.

« L'interrogatoire de la pauvre châtelaine n'avait pas été long. Noble, riche et femme de chouan, elle était condamnée d'avance. A la suite de son nom, le secrétaire de la commission militaire, Hudoux, avait écrit sur le registre, en guise de jugement : « A un mari parmi les bri-« gands, suspecte à ce titre; est de plus propriétaire de 20000 livres de « rentes, égoïste, par conséquent. G. »

« La pauvre brigande était enceinte quand on l'avait jetée en prison; elle venait d'accoucher quand on la condamna, et maintenant elle regardait avec angoisse son enfant, qu'elle serrait contre sa poitrine. La petite créature, pénétrée par le brouillard, glacée par le vent, cria. La mère tressaillit. Je l'entendis qui disait :

« — Pauvre ange de Dieu, tu as froid! »

« Elle s'aperçut que les vêtements de sa fille étaient mal attachés; alors elle s'agenouilla, et, avec un soin infini, l'enveloppa de nouveau dans ces lambeaux de mouchoirs et de robes dont son amour ingénieux et patient avait fait de petits langes.

« Mais l'enfant ne se consolait pas, et pleurait toujours. Parmi tant d'autres plaintes qui s'échappaient de ce lieu de misère, la mère n'entendait que celle-là. Le souvenir de son opulence d'autrefois passa peut-être comme un éclair dans son âme, et elle pensa qu'il était bon d'être riche pour vêtir chaudement les petits enfants, car elle dit amèrement :

« — Je t'ai tout donné, ma pauvre petite, je n'ai plus ni chemise ni bas; je n'ai plus rien pour te couvrir. »

« Et, cachant sa tête dans ses mains, elle fondit en larmes.

« Près d'elle, il y avait une jeune femme du peuple qui portait sur les épaules un châle de laine brun. Cette femme avait un visage commun, embelli par une résignation divine; d'une main elle égrenait un chapelet, de l'autre elle entourait la taille d'une toute jeune fille, qui se pressait contre elle en disant :

« — Cache-moi, Manette, cache-moi, ils veulent me prendre. »

« Mme de la Tremblaye s'approcha d'elle et lui dit :

« — Donnez-moi votre châle pour ma fille, elle a si grand froid, et je n'ai rien pour la réchauffer. »

« Manette aussitôt détacha le châle de ses épaules :

« — Prenez, dit-elle, je n'en ai que faire ; je pars aussi, moi, madame. »

« La mère ne répondit pas : un éclair de joie l'illumina ; elle saisit rapidement l'étoffe ample et chaude, y roula son enfant, noua les deux extrémités avec une sorte de coquetterie instinctive, et, radieuse, serra dans ses bras la petite créature réchauffée et consolée.

Et maintenant elle regardait avec angoisse son enfant.

« Elle n'entendit pas les portes qui s'ouvraient, les geôliers qui appelaient, les prisonniers qui se levaient : sa fille n'avait plus froid, et la mère souriait. Deux membres du comité révolutionnaire arrivèrent. Ils donnèrent des ordres.

« Le cortège se forma dans la cour de la prison. Deux charrettes étaient destinées à porter les condamnés malades ou trop faibles. Les portes s'ouvrirent, et les trente-deux victimes s'enfoncèrent entre deux rangs de patriotes armés de sabres et de piques, au milieu de la foule qui les attendait. Une tempête de cris, de menaces, d'injures, les accueillit. Des bras d'hommes et de femmes se levèrent pour frapper. Il y eut un temps d'arrêt dans la marche.

« Quand la colère de la populace se fut un peu calmée, le cortège reprit sa route. Mme de la Tremblaye avait été jetée dans la dernière voiture qui fermait le cortège. Elle était debout, appuyée aux montants. Son enfant dormait dans ses bras. A ses pieds étaient assises Manette et sa maîtresse, jeune fille d'une admirable beauté. Sur le devant, couché en travers, à l'extrémité des brancards, un vieux gentilhomme, survivant de la bataille de Fontenoy, gémissait douloureusement. Épuisé par l'âge et la maladie, son corps était ballotté par les cahots de la voiture, et parfois, quand la secousse était forte, sa tête allait heurter la roue et revenait tachée de sang et de boue. Alors le peuple riait.

« Nous traversâmes lentement les rues étroites et obscures de ce quartier, la rue du Bon-Sens, la rue de la Constitution, la rue de l'Harmonie; enfin le cortège déboucha sur la place de la Guillotine, nouvellement construite sur l'emplacement de trois cimetières.

« Le soleil, vainqueur du brouillard, illumina soudain la place et la foule bariolée qui se pressait autour de l'échafaud.

« Il y avait là tous les habitués de la guillotine, sans-culottes en carmagnoles, tricoteuses, orateurs du club de l'Ouest, vainqueurs de la Bastille auxquels les Vendéens avaient donné le goût des gloires tranquilles, voleurs de bijoux qui dépouillaient les corps palpitants des suppliciés, et, mêlés à cette tourbe immonde, quelques membres de la commission militaire et du comité révolutionnaire, en grand costume, le chapeau à plumes sur la tête, l'épée au côté et l'écharpe tricolore au flanc.

« Quand les prisonniers se furent arrêtés, un grand silence se fit. La première victime fut appelée.

« C'était le vieux gentilhomme. En montant les marches de l'échafaud, la force lui revint. Son visage se colora d'une dernière indignation; il se retourna et, mettant la main sur sa poitrine, il cria d'une voix retentissante : « Vive le roi! »

« La rumeur qu'il avait provoquée n'était pas encore apaisée, qu'il n'était déjà plus.

« Un second nom fut appelé, puis un troisième.

« L'exécuteur allait vite en besogne. Les prisonniers, serrés les uns contre les autres, regardaient leurs rangs s'éclaircir et priaient.

« Mme de la Temblaye ne voyait pas la mort qui la touchait. Elle berçait son enfant.

« Un homme dit près de moi :

« — Qu'a donc cette chienne d'aristocrate?

« — C'est une mère, tu vois bien, » répondit une femme, et elle ajouta : « Que va-t-elle en faire? »

« Mme de la Tremblaye l'entendit. Elle tressaillit. Qu'allait-elle faire de son enfant? Elle l'avait apportée parce qu'elle n'avait personne à qui la confier, parce qu'elle voulait être sa mère jusqu'à la fin. Mais à présent?

« Avec une énergie superbe elle embrassa la frêle créature, et, la présentant à la femme qui venait de parler :

« — Prenez ma petite Phanette, dit-elle, pour l'amour de Dieu, et élevez-la. Tenez, ajouta-t-elle plus bas, voici une bague de diamants que j'ai pu garder; accceptez-la, cela vous aidera. »

« Un instant, je crus que la femme allait accepter. Elle paraissait attendrie, mais elle regarda autour d'elle : les visages féroces que ses yeux rencontrèrent lui firent peur, car je la vis prendre la bague et repousser l'enfant avec colère en disant :

« — C'est bien assez des siens, sans aller se compromettre à élever ceux des brigands! »

« Tout espoir était perdu.

« La pauvre mère se retourna. Elle aperçut sa belle compagne de tout à l'heure debout à côté de l'instrument du supplice. Le bourreau lui coupait sa longue chevelure d'or. Manette était près d'elle. « Au « revoir, mademoiselle, » dit la servante. La jeune fille ne dit rien; mais, devenue pâle comme un lis, elle regarda autour d'elle la foule, les rues, le ciel plein de lumière, et dans ce regard il y avait toutes les angoisses et tous les regrets de la jeunesse qui meurt dans l'illusion de la vie.

« Manette mourut après sa maîtresse.

« Puis le bourreau appela : « La Tremblaye. » Mme de la Tremblaye regarda le bourreau : c'était encore Hudoux. Les hommes du métier étaient las; ils refusaient de tuer. Lui s'était offert pour les remplacer, et par-dessous sa carmagnole on voyait passer un bout de l'écharpe que portaient les membres de la commission militaire. La jeune femme monta les marches, s'agenouilla sur la dernière, leva les yeux au ciel, et doucement, dans un élan sublime de foi, elle déposa son enfant, toujours enveloppée dans le châle de la pauvre Manette, aux pieds de Hudoux. Lui ne comprit pas ce qu'elle faisait. Elle se laissa couper les cheveux sans rien dire, l'œil attaché jusqu'à la fin, avec une infinie tendresse, sur ce petit paquet brun, immobile sur les planches de l'échafaud. Je récitai la formule de l'absolution, et je la bénis.

« Un instant après, la mère était au ciel.

« Alors Hudoux aperçut cette petite masse brune étendue près de lui, développa l'étoffe, découvrit l'enfant.

« — Pas gênée, la brigande, dit-il. Voyez donc, citoyens, le beau cadeau qu'elle vient de me faire. »

« Qui veut cette vermine? » cria-t-il.

« Il éleva la petite fille au-dessus de sa tête, de sorte que toute la foule put la voir.

« — Qui en veut? » cria-t-il.

« Des rires féroces éclatèrent autour de lui. Une voix cria même :

« — A la guillotine!

« — Non, c'est trop petit, dirent quelques femmes; ne lui faites pas de mal. »

« Mais personne n'osa prendre l'enfant.

« La colère saisit le bourreau.

« — J'ai encore de la besogne à faire, cria-t-il; qui veut cette vermine? »

« Personne ne répondit.

« — Personne n'en veut? Eh bien! ni moi non plus! »

« Il balança un instant la pauvre petite autour de sa tête, et de toute la force de son bras la jeta comme une pierre par-dessus la foule. Elle rasa le bois de la guillotine, effleura les têtes des spectateurs des premiers rangs; puis elle tomba rapidement vers le sol. Elle allait s'y briser, quand, à l'endroit même où elle devait toucher terre, une femme étendit son tablier. L'enfant y roula.

« Déjà Hudoux ne regardait plus de ce côté, il s'était remis à travailler.

« Je tâchai vainement de rejoindre, à travers la foule, la femme qui emportait l'enfant. Plus tard, et à diverses reprises, je pris des informations, j'essayai de la découvrir. Mes recherches furent inutiles. Cette femme, Hudoux me l'a nommée, c'était sa femme, qui valait un peu mieux que lui, sans valoir beaucoup plus.

« Quand elle avait vu que l'enfant allait s'écraser sur le sol, à ses pieds, une sorte d'instinct maternel s'était ému en elle, et elle avait tendu son tablier.

« C'est de la sorte que Stéphanette entra dans la maison de Hudoux. Elle y demeura parce que la femme ne voulut pas se défaire d'elle, et surtout parce que les membres de la commission militaire, instruits de la barbarie de leur collègue, menacèrent de le dénoncer à Paris, s'il ne consentait pas à élever l'enfant qu'il avait voulu tuer.

« Plus tard, à la mort de la femme Hudoux, — Stéphanette avait alors huit ans, — l'ancien secrétaire de la commission militaire, devenu brocanteur dans la rue de l'Aiguillerie, garda cette jeune fille, qui lui rendait déjà beaucoup de services, et qui devait sous peu lui éviter les frais d'une domestique. D'ailleurs il eût risqué, en la chassant, d'attirer sur lui l'attention de la police du premier consul. Mais il conserva une haine que le temps ne put diminuer contre cette enfant, dont la vue lui rappelait deux crimes à la fois. Jamais il ne lui révéla sa véritable naissance. Dans une circonstance récente, Hudoux m'a avoué qu'il l'avait contrainte à déclarer elle-même, à l'oncle d'un jeune homme qui la recherchait en mariage, qu'elle était la fille de l'ancien secrétaire de la commission militaire.

« Mais, en face de la mort, touché de repentir, il a voulu rendre à cette personne son véritable état, et m'a prié de raconter ces faits, qui prouvent qu'elle ne s'appelle en aucune façon Hudoux, mais bien Stéphanette de la Tremblaye, fille de Mme la comtesse de la Tremblaye, morte le 18 pluviôse an II, et qu'elle est nièce propre, si je ne me trompe, de M. le marquis Merlin de la Hansaye, qui demeure à la Merlinière. »

Tel était le récit rédigé par l'abbé Marteau. Diverses pièces manuscrites y avaient été jointes par les soins du digne chanoine, entre autres la copie de l'interrogatoire de Mme de la Tremblaye et celle de l'acte de naissance, dans la prison du grand séminaire, de la petite Stéphanette.

XVI

Quand elle eut pris conseil de sœur Doctrovée, quelques jours après la mort de Hudoux, Stéphanette résolut d'aller trouver le marquis à la Merlinière.

Elle partit un matin, à pied. Au premier carrefour, ne sachant quelle route était la bonne, elle avisa un mendiant qui mangeait, assis au soleil sur le revers d'un talus.

C'est un pauvre, pensa-t-elle, il doit connaître le chemin.

En effet, le mendiant connaissait la Merlinière.

« C'est bien facile d'y aller, mademoiselle, dit-il. Prenez cette route-ci, et, quand vous serez au village, tournez à côté de l'église à main gauche, par une petite voyette. L'aubépine y fleurit tout du long; quand vous n'en verrez plus, vous serez rendue. »

Stéphanette suivit cette indication. Après trois quarts d'heure, elle arriva au village et tourna par le chemin vert plein d'oiseaux chanteurs, bordé d'aubépins dont des essaims de papillons et de mouches faisaient, du vent de leurs ailes, tomber les fleurs fragiles. Elle s'arrêta avant d'entrer dans l'avenue, pour se remettre un peu de la fatigue du voyage, et s'assit sur une de ces grosses pierres de quartz piquées d'étoiles brillantes que les cantonniers abandonnent le long des chemins, les ayant, après essai, réputées incassables.

Stéphanette était bien émue.

Comment le marquis allait-il l'accueillir? Ne la repousserait-il pas tout d'abord et sans vouloir l'entendre, dès qu'il la reconnaîtrait? S'il consentait à l'écouter, que penserait-il du récit de l'abbé Marteau et des autres pièces qu'elle lui montrerait? L'avenir pour elle, le repos, le droit d'aller partout la tête haute, dépendaient de la réponse qui serait faite. Et combien de chances il y avait que cette réponse fût un renvoi dédaigneux! M. de la Hansaye ignorait sans doute que sa sœur fût devenue mère en prison, et puis quelles révoltes d'amour-propre et de bon sens n'aurait-il pas à vaincre, avant d'avouer pour une fille de sa race celle qu'il avait connue servante dans la maison déshonorée d'un misérable, celle qui elle-même s'était nommée à lui Stéphanette Hudoux, celle qu'il avait appelée « pauvre enfant », par pitié, pour ne dire de sa pensée que le moins blessant!

Je ne serai jamais que cela pour lui, pensait-elle, une pauvre enfant dont le malheur l'émeut.

Stéphanette regardait devant elle, vaguement, sans remarquer les magnificences de ce printemps qui éclatait partout, dans le ciel d'un bleu pâle où flânaient quelques petits nuages blancs, dans la verte fraîcheur des haies, des saules fleuris, des champs d'orge et de colza qui bordaient la route, dans les beaux lointains de bois encore sombres, que colorait par endroits la pourpre vive des jeunes pousses de chênes. L'air était tiède et chargé d'humidité. Le parfum des feuilles mortes se mêlait au parfum des feuilles nouvelles, comme le souvenir se mêle dans l'âme à l'espérance qui naît.

Une autre pensée, pénible et douce, entra dans l'âme de Stéphanette et s'y fixa. Cette maison qu'elle apercevait entre les arbres, Jean y avait passé son enfance. Le souvenir de Jean, qu'elle avait tant de fois repoussé comme une rêverie cruelle et dangereuse, elle ne le repoussa pas, et elle sentit avec d'amères délices que son cœur se dilatait, que son ancien amour allait la ressaisir, qu'elle n'avait pu ni l'étouffer ni le chasser, mais l'écarter seulement, et qu'il reprenait à cette heure possession d'elle-même.

Sous les ombrages là-bas, songeait-elle, il a pensé à moi, il a parlé de moi avec son oncle, avec mon oncle. C'est joli, cette Merlinière. S'il avait su ce que je sais! Dire que j'étais peut-être noble comme lui, libre d'être à lui, digne de lui. L'aurais-je donc aimé de la sorte, si j'eusse été ce qu'on a cru? A présent encore tu l'aimes, malheureuse Stéphanette, comme au premier jour, davantage; tu l'aimes, et tu ignores si tu peux l'aimer. Où est-il? Après deux ans se souvient-il encore? est-il même vivant?

« Je veux savoir tout cela, dit-elle en se levant, et j'irai. »

Elle entra dans l'avenue.

A l'autre extrémité M. de la Hansaye se promenait, soignant ses massifs de rosiers avec Baptiste. Il vit de loin une forme noire qui s'avançait vers eux.

« Qui cela peut-il être, Baptiste?

— Je ne sais pas, monsieur le marquis, il passe tant de monde par ici! »

Il passait bien une demi-douzaine de personnes, par mois, dans l'avenue.

« C'est sûrement une femme, reprit le marquis; et pas une fermière, elle marche légèrement; elle est en deuil. Qui cela peut-il être? »

Il rentra précipitamment, prévint Gothon de recevoir si on le demandait, et n'ayant pas le temps de faire toilette, il donna un coup de brosse à son habit, refit les plis de son jabot, s'assit dans un fauteuil

La jeune femme entra.

du salon, près de la fenêtre, avec une certaine recherche d'attitude, et prit un livre.

Un instant après Gothon ouvrit la porte, et la jeune femme entra.

Elle avait baissé son voile.

Le marquis se leva et s'inclina.

Stéphanette s'assit en face de lui et releva son voile.

Il la reconnut aussitôt; car, depuis deux ans, le seul changement qui se fût produit en elle, c'est qu'elle avait embelli, et le visage du vieillard se chargea de tristesse. Cependant il ne laissa paraître aucun mécontentement; mais il attendit, les yeux fixés sur elle, qu'elle parlât. Elle, de son côté, le considérait avec un mélange d'attendrissement et de frayeur, si troublée qu'elle ne s'apercevait pas qu'elle n'avait encore rien dit. Enfin elle tira de sa poche le rouleau de papier qui contenait le récit de l'abbé, et le tendit au marquis.

« Monsieur le marquis, dit-elle, un homme qui vient de mourir a laissé ceci pour vous et pour moi. Je l'ai lu, voulez-vous bien le lire?

— Voyons, mademoiselle, » répondit M. de la Hansaye.

La jeune fille baissa la tête. Le marquis commença de lire.

Dès les premiers mots, une grande émotion s'empara de lui. Il faisait effort pour ne point la laisser paraître. A plusieurs reprises il interrompit sa lecture, et Stéphanette sentit son regard s'attacher sur elle avec une attention extraordinaire.

Tout à coup le papier tomba des mains du marquis. Stéphanette leva timidement les yeux. Elle vit, ô joie suprême! le vieillard qui pleurait, et lui tendait les bras, et se levait déjà pour courir à elle. Elle le prévint et lui sauta au cou.

Ils demeurèrent longtemps embrassés, confondant leurs larmes.

. . . .

Ils causaient depuis plus d'un quart d'heure, ravis, la main dans la main, quand Stéphanette s'aperçut qu'elle avait encore dans sa poche les pièces qui appuyaient le récit de l'abbé Marteau.

« Monsieur, dit-elle, je vais vous montrer les pièces.

— C'est inutile, ma jolie nièce, répondit M. de la Hansaye; ta meilleure pièce, c'est ton visage. Tu lui ressembles tellement à ta pauvre mère, que je n'ai pas besoin d'autre preuve. Puisqu'elle a laissé une fille, cette fille ne peut être que toi. »

Puis, voulant faire partager à toute la maison la joie qui débordait de son cœur :

« Gothon, Baptiste, cria-t-il, venez voir ma nièce! »

XVII

Il y avait à peine quelques jours que Stéphanette habitait la Merlinière, et déjà, dans la vieille maison, tout avait changé d'aspect, tout avait rajeuni. Le marquis ne pouvait encore croire à sa joie. Chaque matin, quand il entendait dans la chambre verte le pas léger de Stéphanette et qu'une voix fraîche de jeune fille lui disait à travers la cloison : « Bonjour, mon oncle! avez-vous bien dormi? » il hésitait encore à répondre, se demandant s'il n'était pas le jouet d'une illusion charmante. Depuis qu'elle était à la Merlinière, il admirait tout ce qu'elle disait, ne voulait plus que ce qu'elle voulait, et du matin au soir regardait comme en extase ce trésor de jeunesse et de beauté qu'il avait connu si tard. Gothon partageait son cœur entre le souvenir de son petit Jean et les grâces aimables de Stéphanette. Trouvant l'ordinaire du marquis indigne d'une aussi jolie dame, elle faisait appel aux recettes qu'elle avait apprises, dans sa jeunesse, des chefs renommés des grandes maisons de Versailles, et, malgré certaines erreurs regrettables, auxquelles chacun se garda bien de faire allusion, sa mémoire la servait bien. Quant à Baptiste, il se cassait et blanchissait à vue d'œil. L'événement qui bouleversait la Merlinière ne l'arrêta pas dans cette voie. Son maître, plus inquiet qu'il ne voulait le paraître, plaisantait le vieux serviteur :

« Baptiste, lui disait-il, tu me voles ma poudre à perruque.

— Ah! monsieur le marquis, répondait Baptiste, si je pouvais prendre aussi à monsieur le marquis les bonnes jambes et le teint frais qu'il a, depuis que notre demoiselle nous est tombée du paradis! »

Cependant il subit quelque peu la contagion du bonheur; lui qui ne chantait plus depuis un an, on l'entendit à diverses reprises entonner ses chansons vendéennes, qu'il avait chantées comme pas un, du temps qu'il était garçon dans les fermes du Bocage.

Et ce n'étaient pas seulement les habitants de la Merlinière qui avaient changé; les choses mêmes s'étaient transformées en ce peu de temps : le salon, par exemple, était méconnaissable; les fauteuils n'avaient plus de trous, pas un clou doré ne manquait, ce qui ne s'était jamais vu depuis leur neuf, en 1734; les peintures, lavées, paraissaient fraîches; les trois bahuts anciens, grattés, brossés, luisaient, exhalant une bonne odeur de cire; les gravures encadrées qui pendaient au mur n'offensaient plus la ligne horizontale par leurs attitudes penchées, et de tous les côtés, dans tous les coins, sur la cheminée, sur la table, piquées dans des vases, en bouquets, ou simplement liées en gerbes, des fleurs parfumaient la vaste salle et réjouissaient la vue. La chambre de M. de la Hansaye avait été entièrement retapissée, — grosse réparation devant laquelle on reculait depuis dix ans; — les mauvaises herbes étaient despotiquement exilées des plates-bandes et même des allées où, deux semaines auparavant, plusieurs couvées de linots trouvaient leur pain quotidien de mouron blanc et de séneçon.

Stéphanette, objet de toutes ces prévenances, cause de toutes ces joies naïves et de ces transformations heureuses, s'était transformée elle aussi : elle avait fleuri. Ce n'était plus la jeune fille en deuil, au visage pâle, au sourire mêlé de larmes. Elle était élégamment vêtue; son visage était plus rose, sa démarche plus vive. Dans le monde nouveau qui l'entourait, elle se trouvait à l'aise et chez elle. Les soins qu'on lui prodiguait ne lui causaient nul embarras, mais seulement une émotion reconnaissante qui se traduisait en mille retours affectueux. Elle, habituée à obéir depuis son enfance, elle s'était mise à commander, dès qu'il l'avait fallu, avec une dignité simple et naturelle. Les pauvres de son oncle la connaissaient et l'aimaient déjà. Elle parlait peu, dans le commencement, se défiant d'elle-même; mais causait-elle, elle faisait preuve d'un esprit observateur, fin et juste. En un mot, on sentait qu'elle n'était pas parvenue, mais replacée dans le milieu qui lui convenait, et son oncle, remarquant dans les détails de la vie commune tant de qualités rares qui révélaient à elles seules la naissance de la jeune fille, admirait comment un aussi long séjour dans la maison du brocanteur n'avait pu altérer l'exquise beauté de cette nature.

Il faisait avec elle de grandes promenades, et les heures leur paraissaient courtes : ils avaient tant de choses à se dire! M. de la Hansaye apprenait à sa nièce l'histoire de leurs ancêtres communs, de son père, de sa pauvre mère, qui eût été si fière de la voir ainsi dans tout l'éclat de la vie. Stéphanette racontait les souvenirs de sa petite enfance, de sa jeunesse si malheureuse, de la bonne sœur Doctrovée, qui l'avait instruite et consolée, de la mort du brocanteur; puis tous les deux, l'oncle et la nièce, partis par des voies différentes se trouvaient naturellement amenés à parler de cette journée où ils s'étaient retrouvés et reconnus, et dont la seule pensée les remplissait l'un et l'autre d'une égale émotion.

Il y avait cependant un sujet qui tenait une large place dans leurs préoccupations, et qu'ils n'abordaient pas dans ces causeries intimes : le marquis évitait de rappeler à la jeune fille les circonstances de sa vie auxquelles Jean de Trémière avait été mêlé; il évitait même de prononcer ce nom devant elle. Il craignait de raviver des blessures qui pouvaient n'être pas guéries, et tout au moins de se montrer indiscret en provoquant, de la part de la jeune fille, l'aveu de ses sentiments. Stéphanette, de son côté, n'osait questionner le marquis. Elle savait seulement, pour l'avoir appris de Gothon, que Jean vivait encore et qu'il était lieutenant aux grenadiers de la garde à Paris. Ainsi, pour des raisons diverses, — n'est-ce pas là un trait quotidien de la comédie humaine? — celui auquel ils pensaient le plus l'un et l'autre était également celui dont ils parlaient le moins.

Parmi les quelques personnes de son intimité que M. de la Hansaye était allé lui-même entretenir de sa chère Stéphanette et de la manière inattendue dont elle s'était révélée, se trouvait naturellement son vieil ami M. Henriet.

M. Henriet s'empressa de rendre sa visite au marquis; il mourait d'envie de connaître cette Stéphanette dont on jasait à trois lieues à la ronde, et que le marquis lui avait dépeinte avec une tendresse enthousiaste et prolixe.

Par une après-midi du commencement de mai, chaude, parfumée, le cabriolet de M. Henriet entra dans l'avenue de la Merlinière. Il ne sortait pas souvent, le cabriolet de M. Henriet. La voiture était vieille et lourde, la peinture absente, la capote énorme; un marchepied monumental, qui avait pu jadis s'ouvrir et se fermer, pendait à l'un des brancards, se balançant et grinçant à chaque pas sur sa charnière usée. De plus, le coffre penchait d'un côté, par suite de l'habitude qu'avait conservée pendant cinquante-trois ans un gros président à mortier, le précédent possesseur, de dormir toujours à droite. Mais quelle souplesse dans les ressorts! Quelle mollesse dans les coussins! On y tenait assis deux, trois, quatre même. Contre la pluie et le vent, on avait la capote et le tablier de cuir épais, qui se rejoignaient presque; contre les longueurs de la route, on avait le sommeil, irrésistible et sans danger quand le cheval était pacifique et connaissait le chemin. C'était le cas de la jument de M. Henriet. Contemporaine, à peu de chose près, du cabriolet, elle appartenait à cette espèce patriarcale d'animaux qui, vieillissant dans la maison, avaient compris un jour quelle allure convenait à la famille qu'ils servaient, et ne s'en départaient plus, ni pour flatterie ni pour injure. Quand un cahot l'éveillait, le conducteur pouvait bien exciter la bête ou du fouet ou de la voix; mais c'était un simple passe-temps, dont on n'attendait nul effet, et qui n'en donnait point.

M. Henriet arrivait donc au trot de sa petite jument blanche par l'avenue de la Merlinière, abandonné au roulis de la voiture, les guides vagues, l'œil fixé sur la cour d'entrée. Du plus loin qu'il aperçut M. de la Hansaye, accouru au bruit inusité d'un équipage, il agita son chapeau en l'air, avec force signes d'amitié, et, à cent pas, cria de sa bonne grosse voix :

« Bonjour, voisin! »

Quand la jument blanche, guidée par son seul instinct, se fut arrêtée devant l'écurie, il sauta à terre lestement.

« Bonjour, mon cher monsieur Henriet, dit le marquis.

— Eh bien! où est votre ange, votre fée, la joie de la maison, comme vous dites? Où est-elle? car ce n'est pas vous, c'est elle que je viens... »

Il fut interrompu au milieu de sa phrase par Stéphanette elle-même, qui sortait de la maison et accourait au-devant de lui. Elle portait une robe claire, avec un chapeau de paille orné de pâquerettes, et comme, malgré le soleil, les allées étaient encore humides, elle avait chaussé, à la prière de son oncle, de petits sabots noirs qui claquaient à chaque pas en frappant les talons de ses bottines. Elle n'était point gauche et embarrassée quand elle salua M. Henriet et l'invita à venir se reposer dans le salon.

« Oh! mademoiselle, répondit le bonhomme, absolument émer-

« Bonjour, mon cher monsieur Henriet. »

veillé, je ne suis pas fatigué; mais je vous suivrai partout où vous voudrez. »

Stéphanette sourit de la réponse et les précéda au salon.

Elle avait à peine tourné le dos, que M. Henriet, regardant le marquis, haussa les épaules, étendit ses grands bras et les laissa retomber le long de son corps. Cela voulait dire : « Elle est charmante. »

M. de la Hansaye comprit et hocha doucement la tête d'un air qui signifiait :

« N'est-ce pas? »

Ils restèrent un quart d'heure à la maison; M. Henriet accepta un petit verre de vieux vin de Faye, que lui offrit Stéphanette; puis ils sortirent tous trois pour se promener dans l'enclos. Ils dépassèrent les grands noyers, et, au bout de la cour, ouvrirent la porte du jardin, fermé de deux côtés par un mur, des deux autres par une haie vive, où l'on trouvait à la fois des fleurs, des fruits et des légumes, suivant la mode du temps.

Les deux vieillards se donnaient le bras.

Bientôt Stéphanette prit les devants.

« Monsieur Henriet, dit-elle, je sais que vous aimez les roses et que vous n'en avez pas encore à la Lande. Voici nos premières : elles seront toutes pour vous. »

Et, montrant du doigt un superbe rosier blanc aux fleurs épanouies du matin, elle ajouta naïvement :

« Voyez-vous, c'est le pays des roses, la Merlinière.

— Je le vois bien, mademoiselle, » répondit le vieux campagnard en s'inclinant d'un air cérémonieux.

Stéphanette s'enfonça en riant dans un petit sentier du jardin, tandis que le marquis et M. Henriet suivaient les grandes allées, le long des murs.

Ils marchaient lentement. Tous deux ils regardaient Stéphanette, émus, ravis par le même sentiment de poésie intime et profonde que l'un commençait à peine à goûter, et que l'autre se souvenait d'avoir jadis connu.

« Mais je vous assure qu'elle est charmante, mon ami, disait avec feu M. Henriet, charmante! »

Puis, comme le marquis ne répondait que par une larme qui tremblait depuis longtemps au bord de sa paupière :

« Et savez-vous qu'elle est très jolie? ajouta-t-il.

— Si je le sais! répondait M. de la Hansaye; c'est le vivant portrait de sa mère.

— Quel air d'innocence aimable!

— Et tant d'esprit naturel!

— Des cheveux noirs superbes!

— Avec de légères ondulations, si vous remarquez bien, reprenait le marquis.

— Et quelle démarche élégante! C'est une jeune reine!

— C'est un ange du ciel.

— Vous devez être bien heureux, mon cher voisin?

— Trop heureux, mon ami, oui, trop heureux! »

Et les deux vieillards poursuivaient leur duo d'admiration, tandis que Stéphanette achevait son bouquet.

Ils s'assirent sous la tonnelle, au bout de l'enclos, tout près du parc.

« Je vous retiens à dîner, monsieur Henriet, » dit le marquis.

M. Henriet accepta sans façon, et Stéphanette dut retourner à la Merlinière pour s'entendre avec Gothon, qui d'omnipotence était devenue simple puissance dans les choses du ménage.

Le vieux gentilhomme profita de l'absence de la jeune fille pour consulter M. Henriet sur un point qui lui tenait à cœur.

« Je vous ai dit, mon ami, que Jean de Trémière ne savait rien encore de l'événement extraordinaire qui a ramené ma nièce ici.

— Oui.

— Je suis presque sûr, d'autre part, qu'il a gardé un souvenir très vif de Stéphanette; il la croit encore fille de..., vous savez ce que je veux dire; il combat, il lutte contre lui-même, mais au fond du cœur il l'aime encore.

— N'en doutez pas, répondit vivement M. Henriet; est-ce qu'il est possible de rencontrer une personne...

— Je n'en doute guère non plus. Je lis dans le cœur de Jean comme dans le mien. Dès qu'il apprendra qu'elle est ma nièce...

— Et qu'il est libre de l'aimer...

— Vous pensez quel coup cette nouvelle lui portera! Je crains pour lui une émotion trop forte; je ne sais comment le prévenir... Le faire venir? Lui écrire? Je voudrais le préparer, le ménager, vous comprenez? »

M. Henriet réfléchit un instant.

« A son âge, mon cher ami, répondit-il en souriant, il supportera la nouvelle, croyez-moi, très vaillamment, de quelque façon que vous la lui annonciez. Mais, avant de choisir un moyen plutôt que l'autre, savez-vous si Mlle Stéphanette pense encore à notre ami le lieutenant?

— Je n'en sais rien, dit le marquis d'un air peiné. Je n'ai pas encore osé,... elle est si nouvellement arrivée!

— Sans doute, sans doute; mais c'est la première chose à savoir. Suivant ce qu'elle vous répondra, vous vous déciderez pour un moyen ou pour l'autre. Et même, ajouta-t-il avec un gros rire, je parierais qu'elle choisira pour vous.

— Excellent conseil, mon voisin; dès aujourd'hui je lui parlerai. »

Voilà pourquoi M. Henriet se retira de très bonne heure après dîner, lui qui aimait tant à causer, les pieds au feu, pendant les premières heures de veillée.

Le marquis le reconduisit jusqu'au commencement de l'avenue, et s'en revint à pas lents, tandis que le cabriolet s'éloignait avec un bruit de ferraille.

« Comment vais-je introduire la cause? » se demandait-il.

En ce moment, Baptiste, satisfait sans doute des compliments qu'il avait reçus de son jardin, chantait à plein gosier une chanson que les jeunes gens du haut Anjou chantent encore, le soir, en ramenant des prés leurs troupeaux :

« Petit soldat de guerre,
L'on dit que tu t'en vas;
L'on dit que tu t'en vas,
Eh! eh! eh! lon, lon! la,
Lon laire,
L'on dit que tu t'en vas.

— Si tu vés ma maîtresse,
Je t'en prie, salue-la;
Je t'en prie, salue-la,
Eh! eh! eh! lon, lon, la,
Lon laire,
Je t'en prie, salue-la.

— Comment la saluerais-je,
Mé qui ne la connois pas;
Mé qui ne la connois pas,
Eh! eh! eh! lon, lon, la,
Lon laire,
Mé qui ne la connois pas?

— Malaisée à connoître,
Malaisée ell' n'est pas;
Malaisée ell' n'est pas,
Eh! eh! eh! lon, lon, la,
Lon laire,
Malaisée ell' n'est pas.

— Ell' porte la cocarde,
La fleur de lys au bras;
La fleur de lys au bras,
Eh! eh! eh! lon, lon, la,
Lon laire,
La fleur de lys au bras!

Baptiste chantait encore, quand M. de la Hansaye entra dans le salon. Stéphanette était assise près d'un métier à tapisserie.

Elle leva la tête, et son oncle s'étant assis non loin d'elle :

« Savez-vous, mon oncle, dit-elle, que j'aime beaucoup cette chanson de guerre? La musique n'en est pas savante, mais elle est bien dans le sentiment. »

Le marquis saisit la balle au bond.

« C'était la chanson favorite de mon pauvre Jean, » répondit-il, et il regardait la jeune fille, pour voir quelle impression ces mots produiraient sur elle.

Elle eut un petit tressaillement; une légère rougeur lui monta au visage, mais elle garda le silence.

« Oui, continua le marquis, de mon pauvre Jean, aujourd'hui si loin de nous. »

Stéphanette, étonnée, regarda son oncle, car c'était la première fois qu'il parlait avec insistance de son neveu.

Elle comprit de suite, avec sa divination féminine, qu'il voulait continuer sur ce sujet, et dit :

« M. de Tremière est maintenant aux grenadiers de la garde?

— Où il est lieutenant, ma chère Stéphanette.

— Pourquoi donc a-t-il changé d'arme?

— Parce qu'il espère, en prenant du service actif, faire une campagne, se signaler, conquérir son brevet de capitaine à la pointe de l'épée.

— Il a bien fait, » dit-elle.

Et il y eut un silence de quelques instants.

Le marquis reprit avec un soupir :

« A propos, ma chère enfant, j'ai résolu de te demander un conseil.

— Ce n'est pas à moi de vous conseiller, mon oncle. Je vous donnerai mon avis, si je puis.

— Jean ne sait pas encore que je t'ai retrouvée.

— Ah! fit-elle d'un petit air étonné, en arrêtant son aiguille.

— Non, il ignore tout. Il est encore à la tragédie d'autrefois, le pauvre garçon, et je veux le prévenir. Mais je voudrais trouver un moyen de ménager sa sensibilité, de le préparer, afin qu'il ne fût pas trop saisi, trop ému...

— Vous croyez qu'il pourrait être ému? dit Stéphanette, qui essayait en vain de faire passer un brin de laine dans le chas de son aiguille.

— Si je le crois, mais j'en suis sûr! s'écria M. de la Hansaye. Je voudrais bien voir qu'il ne fût pas ému d'une si grande et si heureuse nouvelle, qui m'a causé tant de joie que je n'en suis pas encore revenu, moi qui te parle, mon enfant chérie!

— Vous peut-être, mon oncle, parce que vous avez retrouvé en moi une parente; mais ce n'est pas la même chose pour M. de Trémière. Il m'a sans doute oubliée. Pourquoi voulez-vous qu'il s'émeuve?

— Mais tu n'es pas oubliée, je t'en réponds. Dans ses lettres, il n'ose plus me parler ouvertement de ce passé dont le souvenir est si cruel pour lui et pour moi; mais il y pense, il y pense sans cesse, je le vois à mille petits détails, à des riens qui sont des preuves sûres. Crois-moi, Stéphanette, Jean n'est pas guéri de t'avoir perdue. »

Elle leva vers lui ses beaux yeux pleins de larmes.

« Eh bien, mon oncle, dit-elle, vous vouliez me demander un conseil?

— C'est vrai, j'étais sorti du sujet. Qu'en penses-tu, Stéphanette? faut-il le faire venir ou lui écrire? »

Elle resta un peu de temps sérieuse, pensive, très émue. Puis son visage s'éclaira de ce charmant sourire qui avait pris le cœur de Jean.

« Si vous lui écriviez tout doucement? dit-elle.

— C'est cela, tout doucement, » répondit le marquis.

XVIII

Le lendemain, M. de la Hansaye fit, comme il était convenu, un projet de lettre à Jean. Dès qu'il eut achevé de l'écrire, il n'eut rien de plus pressé que de le montrer à Stéphanette, afin d'avoir son avis. Le marquis prévenait d'abord son neveu qu'un événement considérable s'était passé à la Merlinière, événement heureux d'ailleurs, dont il fallait remercier Dieu. Après ce préambule, destiné, dans les intentions du marquis, à préparer Jean, il racontait tout simplement les choses comme elles avaient eu lieu. Stéphanette ne fit pas de grandes corrections : elle adoucit quelques mots, trouva une transition et supprima une vingtaine de points d'exclamation. Il y avait un passage où le marquis avait écrit : « Elle est plus jolie, plus ravissante encore qu'autrefois. » Elle fit bien une petite moue :

« Oh! mon oncle! »

Mais ce fut tout. La phrase resta.

Quand ils eurent lu, relu, corrigé, ponctué cette pièce importante, le marquis regarda sa nièce d'un air triomphant :

« Sais-tu à quoi je pense, Stéphanette?

— A quoi, mon oncle?

— A la surprise de Jean quand il recevra cette lettre. Je le vois d'ici, ce cher enfant; car, tu sais, il est toujours le même, impétueux, primesautier; même au physique il n'a pas changé, m'a dit mon ami de Rieux, qui l'a vu à Paris, sauf qu'il a maintenant de grandes moustaches de mousquetaire et une mine de gentilhomme-soldat à faire rêver!... Enfin je le vois d'ici. Tu le vois comme moi, n'est-ce pas? Il rentre de la parade, poudreux, fatigué, il s'apprête à remonter chez lui, au quatrième étage de la rue des Blancs-Manteaux. « Une lettre pour vous, « mon lieutenant, lui crie le « concierge. — Donnez. » Il regarde l'enveloppe : « C'est « de mon vieil oncle, dit-il « négligemment. Bah! je sais « d'avance ce qu'il y a dedans: « Rien de nouveau, je t'aime « toujours bien; c'est le résumé de toutes ses lettres. Voyons tout de « même, » ajouta-t-il en montant l'escalier, et il brise le cachet. Ah! Stéphanette, le vois-tu qui lit, qui dévore, qui pâlit, qui s'attendrit? Allons, allons, mon petit Jean, remettons-nous; c'est la joie, n'est-ce pas, qui te trouble ainsi, mon beau lieutenant? »

Il n'eut rien de plus pressé que de lui montrer la lettre.

Stéphanette écoutait sans mot dire, les yeux baissés. Elle poussa un grand soupir.

« Tu penses à la réponse qu'il fera, Stéphanette ?

— Je vous assure, mon oncle...

— Mais oui, mon enfant, tu y penses ; moi aussi, j'y pense, et je suis tout à fait tranquille. J'ai mes pressentiments. Mon plan est fait, mais tu ne le connaîtras qu'après..., tu verras, tu verras... J'ai la tête brisée. Cette narration française m'a fatigué. Ma foi, je la recopierai et je l'enverrai demain. Pour me remettre, je vais faire le tour de mes terres, de ton domaine, ma petite Stéphanette. Mon seigle a de la barbe, m'a dit Baptiste, et mon blé va fleurir. J'y vais voir. Viens-tu avec moi ?

— Impossible, mon cher oncle. J'ai promis à la pauvre Gillette, du Chemin-Cadet, de lui donner demain cette petite robe d'enfant à laquelle je travaille. Si vous voulez, dans une heure j'irai vous attendre au retour, sous la tonnelle du jardin.

— C'est cela, à bientôt, ma Stéphanette.

— A bientôt, mon oncle. »

Elle se mit de suite à l'œuvre, et son oncle, qui passa un instant après le long de la fenêtre du salon, pour apercevoir une fois encore cette jeune fille qui tenait maintenant une si grande place dans son cœur, la vit penchée sur une robe de grosse laine brune où sa main blanche piquait l'aiguille.

Stéphanette était seule depuis quelques minutes à peine, quand le facteur, — qui n'était pas attendu, — passa dans la cour, traversa la maison et entra dans la cuisine.

Gothon apparut à la porte du salon, une lettre à la main.

« Mademoiselle, c'est une lettre pour M. le marquis.

— Et mon oncle vient de sortir ! Donnez-moi cette lettre, Gothon, je la lui remettrai. »

Gothon, qui n'eût pas été fâchée de connaître les sentiments de sa jeune maîtresse, ajouta d'un air mystérieux :

« Elle est de notre Jean, mademoiselle.

— Et qu'importe, Gothon ? répondit la jeune fille d'un ton ferme. Je n'ai pas à m'inquiéter de la correspondance de mon oncle. Laissez la lettre ici, sur la table. »

La vieille servante se retira confuse.

Stéphanette se remit au travail. Mais la lettre était là, tout près, à portée de la main, qui la tentait. Il semblait à la jeune fille que cette lettre était un être vivant qui la regardait, pendant qu'elle baissait la tête.

Un rayon ardent s'en échappait, qui la brûlait au visage. Quelque chose comme un souffle lui disait : « Regarde-moi donc, je suis tout près de toi, c'est Jean qui m'a écrite. Pourquoi pas ? »

Elle jeta un regard furtif de ce côté, et rougit comme si elle avait mal fait.

« Que je suis folle ! pensa-t-elle, il n'y a pas d'indiscrétion à cela. Je sais de qui est la lettre ; quel mal peut-il y avoir à constater que le timbre est bien de Paris et l'écriture de M. de Trémière ? »

Quelques minutes de cette logique, et elle céda. Elle se leva, laissa tomber la petite robe brune qu'elle ourlait, et prit la lettre. Sa main tremblait un peu. L'enveloppe était large et le papier bleu. D'un côté, l'adresse du marquis, écrite à la hâte, en caractères irréguliers, fantastiques ; de l'autre, un cachet noir avec un casque de chevalier, une plume flottant au vent, et, dans l'intérieur de l'arc qu'elle décrivait, ces trois mots : *Point ne repose,* la devise des Trémière.

Stéphanette regarda longtemps cette lettre, comme si elle eût voulu lui arracher son secret. Un dialogue mystérieux, et comme à distance les âmes peuvent en avoir, s'établit entre elle et celui qui l'avait signée. Quelle scène du passé évoquait donc ce pli de papier noirci ? Stéphanette voyait-elle Jean, tout jeune et timide, à cette heure, aube matinale et délicieuse, où pour la première fois ils s'étaient rencontrés ? Le voyait-elle, petit clerc affairé, passant sous sa fenêtre et lui disant, d'une voix que la joie faisait trembler : « Fiancés, ma Phanette, fiancés ! » ou bien dans ce jour d'épreuve et d'angoisse horribles où, contrainte de briser elle-même son pauvre cœur et le cœur de son fiancé, elle avait vu Jean s'enfuir, désespéré, au bras de M. de la Hansaye ? Était-ce le passé qui lui revenait en mémoire, avec cette douceur amère qui nous attendrit si vite, ou bien l'avenir qui la tourmentait, ce lendemain dont nous voudrions savoir s'il s'appelle joie ou douleur ? Avait-elle un pressentiment que sous ce cachet noir sa destinée était écrite ? avait-elle peur qu'un malheur nouveau ne vînt la frapper, comme la première fois, en pleine espérance, et la briser pour jamais ?

Deux larmes tombèrent des yeux de Stéphanette sur la lettre de Jean.

« C'est fini, je sens que je ne pourrai plus travailler aujourd'hui, » murmura-t-elle.

Elle sortit du salon, tenant toujours à la main la lettre du jeune homme, et se dirigea vers le jardin pour y attendre son oncle.

Cette lettre qu'elle emportait, et dont elle ignorait encore le texte, contenait ceci :

« Mon cher oncle,

« Vous m'avez prié à plusieurs reprises et bien aimablement, dans vos dernières lettres, de demander un congé. J'en ai un, et j'accours à la Merlinière pour y passer un mois. Je serai rendu, sans doute, presque en même temps que cette lettre : je prends le courrier qui l'emporte ; mais je dois m'arrêter quelques heures à la Flèche pour accompagner un de mes camarades convalescent, qui m'a fait promettre de ne point le quitter jusqu'à ce qu'il ait rejoint sa famille. Cela me retardera d'une demi-journée, et peut-être de beaucoup moins, car pendant que ces mots dormiront au bureau de poste ou s'en iront vous trouver à pied à la Merlinière, je voyagerai grand train sur la route d'Angers. Je suis bien joyeux, mon cher oncle, à la pensée de vous revoir, et je vous embrasse.

« Jean de Trémière,

« Lieutenant aux grenadiers de la garde. »

XIX

Jean ne s'était pas trompé dans ses prévisions : sa lettre n'était pas depuis une demi-heure à la Merlinière, qu'il arrivait lui-même. Une voiture l'avait ramené de la Flèche. A une lieue d'Angers environ il s'était fait arrêter sur la route, et de là, par les chemins de traverse qui lui étaient demeurés familiers, en vingt minutes il avait atteint la vieille maison.

Baptiste piquait des reines-marguerites dans un massif, près de la porte d'entrée. Gothon, assise au soleil, tricotait, non loin de lui. Tout à coup elle entendit un pas rapide sur le sable de l'allée. Elle leva la tête.

« Seigneur Dieu, cria-t-elle, c'est mon petit Jean ! »

A cette exclamation, Baptiste, qui travaillait à genoux, face au mur, se détourna, et, en apercevant le lieutenant, laissa de stupeur tomber les jeunes plants qu'il tenait. Il se leva aussi vite qu'il put, se découvrit, et, souriant d'un air bien bête et bien affectueux :

« Oh ! notre maître ! » dit-il.

Jean serra la main de ces deux braves gens.

« Oui, mes chers amis, c'est votre Jean qui revient, bien joyeux, je vous assure. Voyons, Baptiste, regarde-moi. Tu as vieilli, mon

Jean venait d'apercevoir le métier à tapisserie.

bonhomme. Mais toi, Gothon, tu as rajeuni de dix ans. Ce n'est pas étonnant, tu n'as plus que mon oncle à nourrir. Mon oncle est à la maison ?

— Non, monsieur Jean, répondit Gothon. Il n'y a personne à la maison. M. le marquis est à faire le tour de ses champs. S'il avait su !

— Il n'a donc pas reçu ma lettre ?

— Elle est arrivée comme il venait de partir.

— La chose est sans conséquence, ma chère Gothon ; ne te désole pas. »

En parlant ainsi, Jean de Trémière regardait tout autour de lui, étonné de certaines nouveautés qu'il remarquait.

« Ah çà ! Baptiste, il n'y a plus d'herbe dans les allées ! Que sont devenues les traditions, mon ami ? On jurerait les allées des Tuileries.

— Celles où Sa Majesté le roi se promène, pas vrai ? dit Baptiste ; c'est que nous avons aussi une petite reine ici. »

Le jeune homme n'entendit pas très bien ou ne comprit pas. Il répondit :

« En effet, tu piques des reines-marguerites. Mon oncle ne les aimait pas autrefois. On change donc de goûts même à son âge ? »

Il ouvrit la porte de la maison et entra. Gothon et Baptiste entrèrent derrière lui. Gothon, toujours curieuse, voulait être témoin des surprises de son jeune maître. Baptiste suivait, sans savoir pourquoi.

Dans le corridor, Jean aperçut une ombrelle. Il ne put s'empêcher de rire.

Avoir fait la guerre des géants, pensa-t-il, et finir avec une ombrelle ! Il faut que mon oncle ait bien vieilli.

C'est à peine s'il reconnut le salon.

« Quel ordre ! comme tout cela brille ! dit-il ; des bouquets partout ; des rubans aux rideaux ! Mais elle est devenue coquette, ma pauvre Merlinière, comme si une jeune femme l'habitait ! Mes compliments, Gothon.

— N'est-ce pas, monsieur Jean, que tout s'est embelli depuis ce temps-là ? Tenez, voilà justement un mois aujourd'hui que tout ce bonheur nous est arrivé. »

Jean ne répondit pas. Il venait d'apercevoir le métier à tapisserie de Stéphanette.

« Qu'est-ce que cela, Gothon ?

— C'est son métier à tapisserie.

— Est-ce que mon oncle s'amuse à faire de la tapisserie à présent ? Décidément...

— Oh ! non, monsieur, c'est le métier de mademoiselle.

— De mademoiselle? reprit le lieutenant stupéfait, de quelle mademoiselle ?

— Monsieur Jean sait bien.

— Mais non.

— Monsieur Jean veut plaisanter, dit Gothon.

— Je ne plaisante pas le moins du monde.

— Comment ! c'est vrai que vous ne savez pas ?

— Je ne sais rien du tout. Qu'est-ce qu'il y a donc ici? » demanda le lieutenant, d'un ton d'impatience.

Gothon, atterrée, regarda Baptiste, et tous les deux s'enfuirent vers la cuisine. Elle avait cru que Jean était instruit du retour de Stéphanette. Elle avait trop parlé. Qu'allait-il arriver ? Que dirait le marquis ? Qu'allait faire son jeune maître ?

Jean, stupéfait des réticences de Gothon, étourdi par ce mot qu'elle avait lancé : « Mademoiselle, » mécontent d'un pareil accueil, rappela Baptiste.

Baptiste apparut à la porte du salon, pâle, embarrassé, tournant son chapeau dans ses mains.

« Je saurai bien ce que tout cela signifie, s'écria Jean. Où est mon oncle ?

— M. le marquis doit être maintenant dans le jardin, monsieur Jean, » dit Baptiste.

Le lieutenant sortit en courant. Son épée sonnait sur ses talons.

« Mon pauvre Baptiste, dit Gothon quand le vieux domestique rentra dans la cuisine, tu n'en fais jamais d'autres : c'est mademoiselle qui est dans le jardin ! »

XX

Quand il entra dans l'enclos, Jean regarda de tous côtés et ne vit pas son oncle. Il fallait attendre.

« J'attendrai ici en me promenant, grommela-t-il, plutôt que de rentrer à la maison pour y retrouver les sornettes de Gothon et la mine piteuse de Baptiste. »

Mille souvenirs l'avaient ressaisi. Les mots énigmatiques qu'il venait d'entendre le poursuivaient, et une vague inquiétude se mêlait à cette joie de revoir sa Merlinière et son oncle, qui, tout à l'heure, régnait sans partage dans son âme. Il marchait dans le grand jardin, la tête basse, prenant une allée, puis une autre, au hasard.

Tout à coup, ayant levé les yeux dans la direction du bois, il aperçut sous la tonnelle un coin de robe bleue. Il eut comme peur et se jeta entre deux rangées d'énormes groseilliers, pour s'y cacher.

« La demoiselle ! dit-il. Elle existe ! la voilà ! »

Il jeta un coup d'œil sur ses vêtements.

« Elle m'a peut-être vu. Et dans quelle tenue ! un bouton de moins et la poussière d'une lieue de chemin sur mes bottes. Je ne puis pas me présenter comme cela devant elle. Mais qu'est-ce que c'est que cette demoiselle ?

La curiosité l'emporta sur l'amour-propre : le lieutenant leva la tête au-dessus des groseilliers, et regarda. La « demoiselle » était assise sur le banc de la tonnelle. Mais, de l'endroit où il se trouvait, Jean ne pouvait apercevoir, à cause des treillages tapissés de lierre qui la cachaient en partie, que le bas de la robe de la jeune fille et l'une de ses mains, qui tenait quoi ?... sa propre lettre, à lui, Jean de Trémière.

« C'est trop fort ! murmura-t-il. Elle a ma lettre à la main. Je ne me trompe pas, je reconnais l'enveloppe. »

Jean fit quelques pas dans le sentier, de façon à pouvoir découvrir le visage de la mystérieuse inconnue.

« Oh ! la jolie personne ! » dit-il.

Mais presque aussitôt il fut frappé d'une illumination subite : un cri, comme un sanglot, sortit de sa poitrine.

« Phanette ! » cria-t-il.

Et, chancelant, il s'enfuit vers la Merlinière. Le sang lui battait les tempes. Il sentait dans son cœur l'ancien amour qui revivait tout entier. Une angoisse nouvelle se mêlait en lui à toutes les douleurs du passé subitement ravivées : dans son trouble, cherchant à s'expliquer la présence de Stéphanette, il s'imagina que son oncle, poussé par une bonté naturelle devenue faiblesse avec l'âge, avait oublié le crime qui creusait un abîme entre cette jeune fille et lui, l'avait attirée à la Merlinière, pour la sortir de l'état misérable où elle était, et aussi dans l'espoir qu'elle y retrouverait quelque jour son neveu ; que Jean oublierait tout également, épouserait Stéphanette et viendrait avec elle animer la solitude de la vieille maison. Cette idée étrange lui apparut en ce moment avec un caractère d'évidence. Voilà pourquoi, se dit-il, mon oncle me rappelait, voilà pourquoi il me priait de demander un congé. Est-il possible !

Il souffrait de cette pensée.

« Une honte après tant de malheur! » murmura-t-il.

Le temps lui manqua pour apercevoir toutes les invraisemblances d'une pareille supposition.

Son oncle venait à lui, les bras tendus.

Ils s'avancèrent l'un vers l'autre, Jean le visage bouleversé, le marquis souriant.

Quand ils se rencontrèrent, le jeune homme regarda le vieillard avec une expression d'angoisse profonde :

« Je sais tout, dit-il, je l'ai vue, elle est là.

— Qui as-tu vu? dit M. de la Hansaye, qui comprit de suite ce qui était arrivé.

— Phanette! mon oncle, Phanette à la Merlinière, chez vous, devant moi! oh! mon oncle, qu'avez-vous fait?

Le lieutenant leva la tête.

— Mais, mon ami, une chose toute simple.

— Que dites-vous, mon oncle? interrompit le jeune homme; c'est ici le dernier endroit où je me serais attendu à la rencontrer!

— Mon cher enfant...

— Oh! je sais ce que vous allez me dire, que votre pitié pour elle, votre désir de me revoir près de vous, vous ont fait agir de la sorte, que vous vouliez par elle m'attacher ici; mais c'est impossible, vous auriez dû penser que c'était impossible. Avez-vous donc oublié, ajouta

Jean d'une voix pleine de larmes, que l'honneur, hélas! l'honneur me commande de la fuir?

— Oh! Jean! dit le marquis d'un ton de reproche.

— Il faut que je parte, continua Jean. Nous ne pouvons plus nous entendre. Vous avez cru pouvoir, par générosité, je le sais, recevoir cette jeune fille; moi je ne dois ni ne puis vous imiter, je m'en vais.

— Ah çà, mon bon enfant, mais tu n'y es pas du tout! s'écria le marquis en riant et en serrant dans ses mains les mains tremblantes du lieutenant. Console-toi, ajouta-t-il d'un air grave, l'honneur est sauf.

— Ah! tant mieux! répondit Jean, comme délivré d'un poids écrasant. Mais qu'est-ce qu'il y a donc alors? C'est pourtant bien elle que j'ai vue?

— Oui, ma nièce.

— Comment votre nièce? Je l'ai bien reconnue; c'est Phanette, elle avait ma lettre à la main.

— Mais oui, c'est ma nièce Phanette.

— De grâce, expliquez-vous, mon oncle. Je n'y comprends rien, et c'est une cruelle attente que la mienne.

— S'expliquer, s'expliquer, ce n'est pas facile avec toi, mon petit Jean. Enfin te voilà raisonnable, tu écoutes. Viens, je vais te donner l'explication du mystère, et je t'annonce d'avance que tu vas regretter de ne pas me l'avoir demandée tout de suite, au lieu de dire mille folies comme tu as fait. »

Il emmena le jeune homme hors du jardin, sous les grands noyers de la cour.

« Mon cher enfant, lui dit-il, quand tu t'es épris de cette jeune fille, tu étais convaincu, d'une conviction non raisonnée, mais profonde, qu'elle était en toute chose digne de toi. Sans cela tu ne l'eusses point aimée, n'est-ce pas? Elle t'apparaissait si belle, si bonne, si pure, que tu n'avais aucun soupçon sur l'honnêteté de sa race. Eh bien! ton cœur avait deviné juste : malgré toutes les apparences, il a eu raison. Cette petite Phanette, qui se croyait elle-même fille de ce misérable, qui habitait chez lui presque depuis sa naissance, a été reconnue et avouée par moi pour ma propre nièce, pour la fille de ma sœur, de cette pauvre la Tremblaye dont je t'ai souvent parlé. Ne fais pas l'incrédule, Jean. C'est ta mauvaise tête qui dit non; mais je suis sûr que ton cœur est déjà converti. D'ailleurs les preuves sont indéniables. Voici comment tout s'est découvert. »

Et M. de la Hansaye raconta au jeune homme l'histoire de Stéphanette. Jean l'écoutait sans l'interrompre. Seules des exclamations trahissaient les émotions multiples et vives qu'il ressentait. Quand le marquis eut achevé son récit :

« O mon oncle, dit Jean, que je suis confus d'avoir agi de la sorte avec vous!

— Eh! mon lieutenant, je te le disais bien, mais ce n'est pas moi que tu as le plus gravement offensé, ajouta le vieillard d'un air sérieux dont Jean fut dupe, c'est elle.

— En effet, répondit Jean consterné.

— Mais je suis sûr qu'elle te pardonnera.

— Vous croyez? dit le jeune homme, dont le visage passa tout d'un coup de la tristesse à la joie.

— Elle est si bonne, mon ami!

— Bonne comme autrefois? aussi naïve, aussi simple?

— Encore plus accomplie. Si tu savais quelles attentions délicates elle a pour moi, comme elle s'est faite à mes goûts, comme elle recherche uniquement le bonheur des autres!

— Alors Stéphanette de la Tremblaye n'a rien à envier à ma petite Stéphanette des jours passés?

— Rien, mon Jean.

— Vous a-t-elle quelquefois parlé de moi?

— Oui, nous avons un peu causé de toi, oh! très peu.

— Et que disait-elle? M'aime-t-elle encore?

— Peut-être bien, dit le marquis avec un sourire.

— Alors, mon oncle, laissez-moi courir à elle, me jeter à ses pieds, lui demander pardon.

— Non, non, n'y va pas, dit le marquis. Tu la ferais mourir, la pauvre petite, avec toutes les émotions que tu lui causes; tu viens de la fuir; d'où en est-elle, après une scène pareille? Il faut que je lui parle le premier, et que nous causions de toi à fond. Après cela tu pourras la voir.

— Puisque vous allez la voir, vous, dites-lui au moins que je ne savais pas, que je regrette.

— C'est entendu.

— Dites-lui que je l'ai toujours et toute seule aimée; que là-bas, loin de vous, à Paris, son image me suivait partout; dites-lui que j'ai lutté contre son souvenir, que j'ai souffert, que j'ai pleuré, que je ne pouvais triompher d'elle.

— Pauvre enfant.

— Dites-lui qu'à présent je ne combats plus, que je l'aime de toute mon âme, que...

— Quand aurions-nous fini, mon beau lieutenant, interrompit le marquis, si je te laissais dire tout ce qu'il faudrait lui répéter? Sois tranquille, je ferai de mon mieux, et je plaiderai pour toi, mais à une condition.

— Laquelle?

— C'est que tu vas quitter la Merlinière à l'instant. Stéphanette

Avisant dans le mur une brèche que le temps avait faite, Stéphanette passa la tête à travers les feuilles.

peut revenir d'un moment à l'autre, je ne veux pas qu'elle te retrouve ici. Rends-toi chez mon ami Henriet. Raconte-lui ce qui s'est passé aujourd'hui. Vous causerez toute la nuit de Stéphanette, si cela vous plaît, car il est presque aussi enthousiaste que toi de ma nièce, prends-y garde! Et puis, demain matin, tu m'amèneras Henriet. Je lui ai promis qu'au premier déjeuner, après ton retour, il aurait son couvert mis. Alors, mon Jean, alors tu la reverras. »

Le vieillard s'arrêta un instant, et, tendant la main au jeune homme tout ému, il ajouta :

« Demain ce sera un beau jour, mon petit Jean. »

Le lieutenant embrassa son oncle et s'engagea dans l'avenue. Il marchait allègrement, comme le jour où, deux ans auparavant, il courait par le même chemin annoncer à Stéphanette que le marquis ne s'opposait pas à leur mariage. Mais sa joie n'était plus la même. Ce n'était plus l'ivresse enthousiaste qui cherchait à se répandre autour d'elle et parcourait le ciel et la terre pour y trouver son aliment. C'était une joie plus recueillie, plus profonde, plus maîtresse d'elle-même; c'était l'homme après l'enfant; c'était l'hymne nuptial après la chanson d'amour. Il se reposait délicieusement dans ses pensées. Toutes les souffrances d'autrefois avaient perdu leur aiguillon, et, si elles repassaient encore dans son esprit, c'était comme un contraste à la douceur du présent. Il sentait le bonheur qui venait à lui, comme un ami longtemps désiré qu'on entend frapper à la porte. Le chemin qu'il avait parcouru dans la vie lui apparaissait tout illuminé de miséricorde, et la reconnaissance emplissait son âme et l'élevait droit à Dieu.

Stéphanette, qui n'entendait plus depuis quelque temps déjà la voix de son oncle, s'était décidée à rentrer à la maison. Inquiète, pâle encore d'émotion, elle revenait par l'allée du jardin, qu'un vieux mur, dégradé par endroits, séparait seulement de l'avenue.

Elle entendit le pas de Jean qui s'éloignait.

C'est lui, pensa-t-elle. Et, avisant dans le mur une brèche que le temps avait faite et que le lierre seul avait réparée, elle passa la tête à travers les feuilles, qui encadrèrent son joli visage de leurs couronnes sauvages. Elle vit Jean déjà loin. Mais, en se penchant, elle avait détaché du vieux mur une pierre qui tomba sur le gazon. Le jeune homme tourna la tête. Leurs yeux se rencontrèrent. Ce ne fut qu'un éclair; mais Stéphanette avait eu le temps de lire dans le regard de son ami la tendresse et la joie qu'il emportait dans son cœur.

Elle se rejeta vivement en arrière.

« Il ne part pas, il m'aime, il est joyeux! » murmura-t-elle.

Jean n'y put tenir. Il courut vers la brèche où Stéphanette lui était apparue.

Elle n'était plus là. Il parcourut des yeux le grand jardin, et n'y vit point la jeune fille.

Déjà Stéphanette avait rejoint son oncle, et sur son jeune front la sérénité commençait à renaître.

XXI

M. Henriet accueillit Jean avec des exclamations de surprise et de joie. Ils dînèrent ensemble, dans la grande salle à manger carrelée qui composait avec une cuisine tout le rez-de-chaussée de la Lande, et, après dîner, s'étant assis sous le manteau de la cheminée, ils commencèrent une interminable causerie. M. Henriet raconta par le menu tout ce qu'il savait de Stéphanette et s'étendit complaisamment, à maintes reprises, sur les incomparables perfections de sa belle voisine. Jean ne se lassait pas d'écouter son hôte, le relançant d'un mot dès qu'il cessait de parler. Quand ils songèrent à se séparer, ils s'aperçurent avec étonnement qu'il était une heure du matin.

Le lieutenant ne s'en éveilla pas moins dès l'aube. Il courut à sa fenêtre : une brume légère flottait sur les vignes, d'où s'élevaient, d'espace en espace, quelques noyers et des pêchers de plein vent roses de fleurs; dans le ciel, pas un nuage : le dragon de la girouette avait son dard tourné vers l'ouest.

La journée s'annonce bien, pensa Jean.

Il revêtit son plus bel uniforme, qu'un domestique était allé chercher la veille à Angers, se promena de long en large dans sa chambre, essaya vainement de lire une demi-page d'un traité d'agriculture égaré sur une table, fredonna un air de chasse, et à la fin, impatienté de ne pas entendre M. Henriet se lever, alla résolument frapper à la porte du bonhomme.

« Beau temps, monsieur Henriet, temps superbe!

— Eh! mon bon ami, répondit le campagnard, vous auriez bien pu attendre un peu pour me le dire : il est six heures du matin, et nous ne partons qu'à neuf. Je dormais comme un jeune homme, un jeune homme qui ne serait point amoureux, » ajouta-t-il avec un rire sonore.

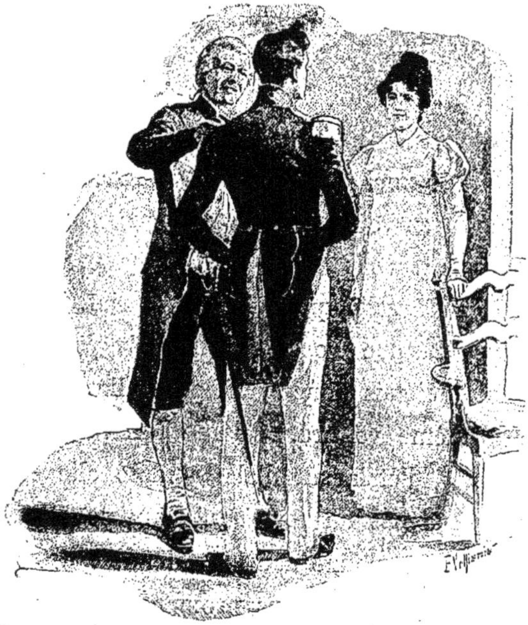

« Monsieur le chevalier de Trémière, je vous permets d'embrasser Mlle Stéphanette de la Tremblaye, votre fiancée. »

Comme le dernier coup de neuf heures sonnait au bourg, M. Henriet, en redingote, rasé de frais, prononça le traditionnel : « Hue, la Blanche! » et le cabriolet s'ébranla.

Quelle claire matinée! Comme l'air était léger! Comme les lointains étaient bleus! Mille chansons sortaient des nids, des fermes éveillées, des feuilles qu'agitait la brise. Toute la plaine était inondée de lumière, et cependant le ciel était pâle, comme si les dernières neiges de l'hiver s'étaient fondues dans l'azur.

Jean jouissait pleinement de cette poésie printanière, M. Henriet beaucoup moins.

« Voyez-vous la gelée blanche? dit-il au jeune homme.

— Oui, répondit Jean; comme elle a suspendu de jolies perles aux toiles d'araignées ! »

Le campagnard haussa les épaules.

« Ce n'est pas cela que je remarquais, mon ami, mais bien que la vigne avait souffert cette nuit.

— Ah ! » fit le lieutenant d'un air d'indifférence profonde.

Après quelques minutes de silence :

« Savez-vous ce que me rappelle notre voyage à la Merlinière, mon jeune ami? reprit M. Henriet, ma première visite, — officielle, s'entend, — à celle qui fut Mme Henriet. Nous nous aimions depuis longtemps, comme vous. Elle n'était pas laide, allez, et quelle brave femme! J'étais donc parti pour aller chez mon futur beau-père, dans cette même voiture. Quand j'arrivai, je connaissais bien Jacqueline pourtant, j'étais sûr d'elle comme elle était sûre de moi; eh bien! je ne trouvai pas un mot à lui dire, pas un. Alors mon beau-père mit la main de Jacqueline dans la mienne : « Tiens, ma fille, dit-il, il n'ose « pas; allez donc vous promener tous deux dans le verger, et tâchez « de vous accorder. » Ah! mon ami Jean, dès que nous fûmes dehors et seuls, je ne cherchai plus mes mots : ils venaient d'eux-mêmes, et tous à la fois. »

Jean écoutait d'un air distrait, en fouettant la Blanche avec une persévérance inutile.

« Ne pressez pas tant la Blanche, dit M. Henriet, nous arrivons. Je vais prendre par la traverse, et dans cinq minutes, mon lieutenant, nous serons à la Merlinière. »

M. Henriet tourna en effet à droite et s'engagea dans la *ruette des bois,* sorte de pâture bordée d'un côté par les hautes futaies du parc et de l'autre par de grands taillis non clos qui dépendaient d'un château voisin. La voiture roulait doucement sur l'herbe. Les deux voyageurs étaient devenus silencieux. De temps à autre, au-dessus de leurs têtes, quelques ramiers effarouchés s'envolaient à travers les feuilles.

A la Merlinière, on attendait.

Stéphanette avait mis plus de temps que de coutume à sa toilette. Elle descendit dans le salon, garnit les vases de fleurs nouvelles, et posa sur la table le petit miroir de Venise, comme un témoin des anciens jours. Puis elle vint trouver son oncle, qui se promenait fiévreux sous les noyers, et lui faisant la révérence :

« Est-ce ainsi que vous me vouliez, monsieur le marquis?

— Ravissante, ma chère enfant; mais n'attendez pas que je vous remercie, car ce n'est pas pour moi, je suppose, que vous avez mis cette rose dans vos cheveux? »

Dès huit heures, Baptiste avait été posté à l'entrée de la cour pour signaler les voyageurs; il donna trois fausses alertes, mais la quatrième fois il eut raison : c'étaient bien Jean et M. Henriet qui entraient dans l'avenue.

M. de la Hansaye alla recevoir son ami et son neveu, leur souhaita la bienvenue, et sans rien ajouter, étant trop ému pour parler beaucoup, il les introduisit dans le salon, où se trouvait Stéphanette.

La jeune fille était debout près de la fenêtre.

M. Henriet entra le premier, la salua et laissa Jean passer devant lui.

Le lieutenant fit quelques pas dans le salon, puis subitement s'arrêta, baissa les yeux :

« Mademoiselle, balbutia-t-il, jamais je ne pourrai assez m'excuser auprès de vous. »

Stéphanette vit qu'il s'embrouillait.

« Je vous pardonne bien volontiers, monsieur Jean, » dit-elle.

Le visage du lieutenant s'épanouit.

« O Phanette! » répondit-il.

Et tous deux se regardèrent.

Le marquis comprit l'éloquence de ce regard, et, s'avançant vers le jeune homme :

« Mon cher enfant, lui dit-il, nous avons beaucoup causé de toi hier soir avec ma nièce. Je t'avais promis de plaider pour toi, je l'ai fait, et je me suis aperçu que ta cause était gagnée d'avance. »

Il le prit par la main, le conduisit près de la jeune fille, et ajouta :

« Monsieur le chevalier de Trémière, je vous permets d'embrasser Mlle Stéphanette de la Tremblaye, votre fiancée. »

Alors, se retournant vers M. Henriet, qui contemplait cette scène tout attendri :

« Mon cher Henriet, dit le marquis, je n'ai jamais été plus heureux. Et vous?

— Moi, répondit le bonhomme, une seule fois; mais il y a bien longtemps. »

FIN

29080. — Tours, impr. Mame.

www.ingramcontent.com/pod-product-compliance
Ingram Content Group UK Ltd.
Pitfield, Milton Keynes, MK11 3LW, UK
UKHW031859260826
14628UKWH00002B/873

9 782014 070835